陳嘉薰 著

嘉薰醫生：死亡號外

作者／陳嘉薰
總編輯／馬鎮梅
責任編輯／陳俊珊
文稿審校／楊碧瑤
美術設計／鄺志傑
出版發行／突破出版社
香港沙田亞公角山路33號突破青年村
電話：2632 0000　傳真：2632 0388
電郵：breakthrough@breakthrough.org.hk
網址：http://www.breakthrough.org.hk
http://www.btproduct.com
承印／唯美印刷公司
2011年4月初版1刷
2013年5月初版2刷

Dr. Gavin, Between Life and Death

by Gavin Chan
First Printing, First Edition, April 2011
Second Printing, First Edition, May 2013

Printed in Hongkong
ISBN 978-988-8073-28-3

本書經文取自《新標點和合本》，版權為香港聖經公會所有，承蒙允准採用，特此鳴謝。

誠邀閣下就突破出版社的書籍發表意見。
請登上 www.btproduct.com/book，在「讀者回應卡」頁面內填寫。謝謝。

歡迎加入突破書籍 Facebook — http://www.facebook.com/btbooks

本書採用環保油墨印刷

飛翔專號

目錄

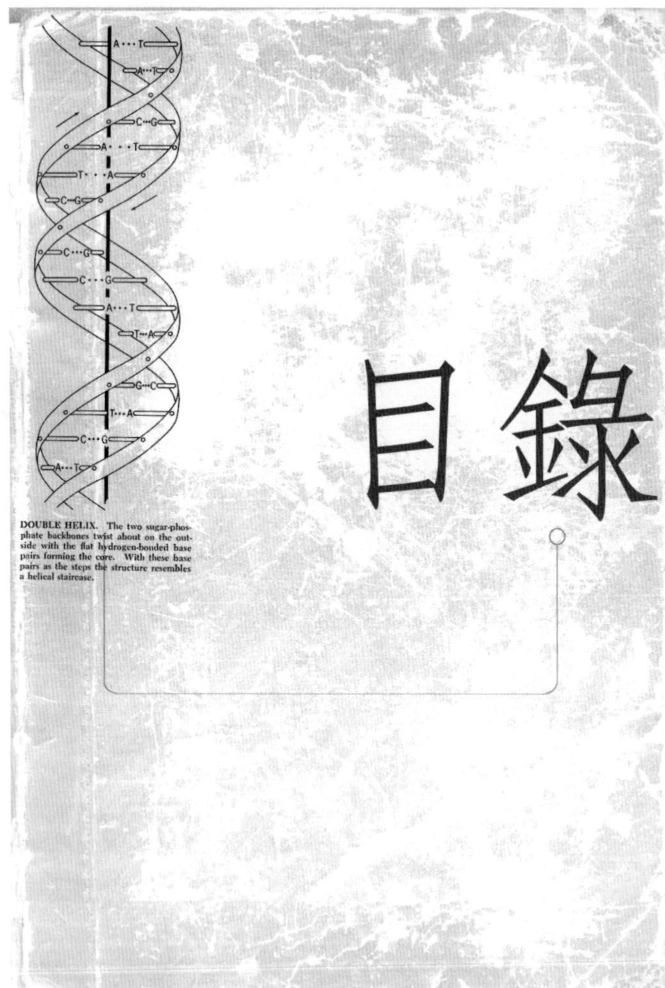

DOUBLE HELIX. The two sugar-phosphate backbones twist about on the outside with the flat hydrogen-bonded base pairs forming the core. With these base pairs as the steps the structure resembles a helical staircase.

前言

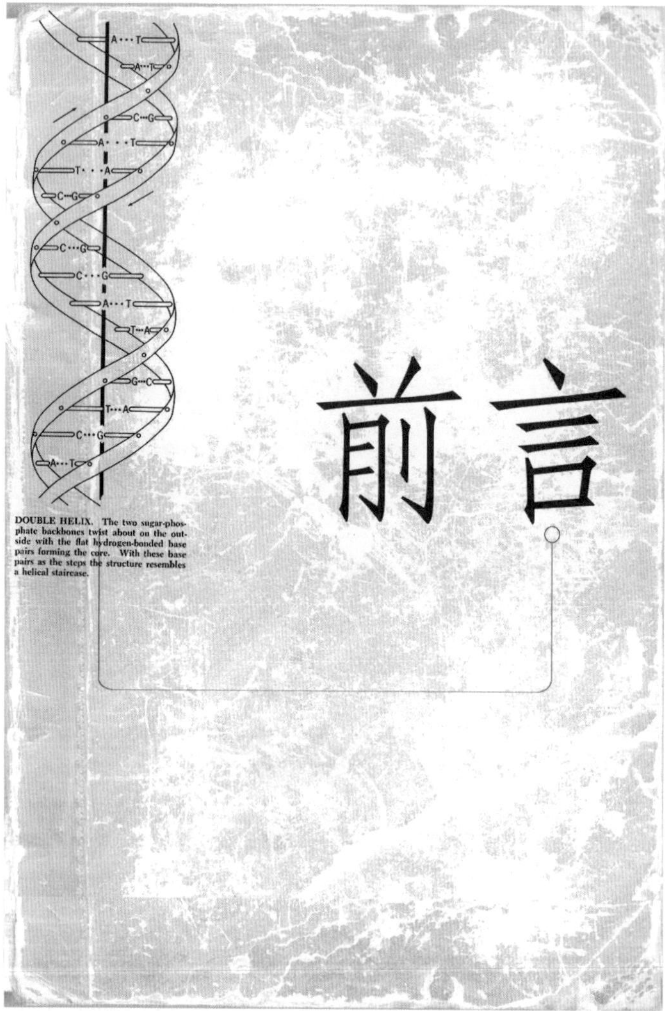

A···T
A···T
C···G
A···T
T···A
C···G
C···G
C···G
A···T
T···A
G···C
T···A
C···G
A···T
DOUBLE HELIX. The two sugar-phosphate backbones twist about on the outside with the flat hydrogen-bonded base pairs forming the core. With these base pairs as the steps the structure resembles a helical staircase.

死亡見習生

痛失親人，常教人十分悲切，內裏湧現的情緒變化很多：不解、否定、憤怒、哀傷、擔憂……要一下子適應逆轉不來的失落，實在不容易，善別之路不好走。殮房是處理遺體和死亡事宜的地方，那兒的會客室擺放了一些小冊子，詳列了相關服務的機構資料，專為喪親的家人提供心理或專業協助，輔導他們走出幽谷。

因為工作需要，平日接觸不少現代心理學或科學的研究，明白許多專家都在致力幫助喪親者了解自己，認識哀悼的反應，好教他們安然接受家人長逝。不過，療傷途徑不止於此。你相信嗎？文學作品也有療效。

好像一百五十多年前，丹麥作家安徒生寫的散文〈墓裏的孩子〉[1]，談及喪子之痛，正好安慰痛失兒女的父母，值得細讀。

一位有三個孩子的母親，那最小的、惟一的兒子因病死了。這個四歲男孩，原是父母的歡樂和希望，母親無法接受他夭折離去，所有安慰的話都聽不進去，陷入悲苦的無底深淵。

兒子下葬了多天，她還是終日發呆，沉溺在回憶中；既懷疑又埋怨上帝，悲哀和憤怒牢牢牽制着她整個人，衝擊她，像「大海衝擊着一條失去了羅盤和舵的船一樣」。

有一個靜謐的夜晚，滿天星斗，她坐在孩子的墳墓旁邊，在極度悲慟中，迷迷糊糊地遇上了「死神」。死神把她帶到一個莊嚴的大廳，在那裏竟再遇上心愛的兒子！兒子對她展開美麗的微笑，如往常一樣，又親熱地叫她「媽媽」。四周響起一片悅耳的音樂，母親在無限的幸福中把孩子吻了又吻。

兒子告訴母親，他可以飛翔，跟許多幸福的孩子一起飛到上帝那裏去；他又指着一道黑色的門簾，叫母親看，說那裏有幸福，是人世間不可能出現的幸福。只是，朝着他的指頭望去，除了黑夜，母親什麼也看不見。

她用人間的眼睛，無法看透。

孩子告訴母親，他想飛，而且急於飛走；但要是母親哭，他就無法安然離去。

母親再看他一遍，又吻他，緊緊地擁抱他，極不捨。這時她耳邊突然響起丈夫的叫喊、女兒的哭泣，孩子問：「媽媽，你還沒有忘記他們吧？」母親乍然記起這些家人，也看到許多影子掠過，飛向黑色的門簾，飄進那幸福的地方，不見了。

這時，一道強烈的光照射過來，眨眼間孩子不見了。母親夢醒，發現自己仍在愛兒的墳旁，可是心情卻大大輕省了。看着太陽初升，聽見小鳥在樹間啁啾，還有教堂催促人早禱的鐘聲，她急忙起來趕回家去，用溫暖、熱烈的吻，把沉沉睡着的丈夫弄醒了……

讀過〈墓裏的孩子〉那個母親和孩子的對話，可有教你對生死有更深的領會？通過接觸死亡、了解死亡，就懂得從失落悲傷中重新振作，堅強起來，甚或更珍惜眼前人。安徒生說，〈墓裏的孩子〉和他另一個關於死亡的著作〈母親的故事〉[2]，給他的滿足都要比他別的作品多，因為許多深切悲愁的母親，都從故事獲得安慰和力量。

任何人都無法迴避死亡，或是親友離世，或是己身衰殘，我們都要正視、省思；死亡無須忌諱，倒要學習面對。每天進出殮房，剖驗屍體，感謝上帝，讓我藉日常的作業，明白死亡這回事深邃難懂；我彷彿成了一個見習生，在課堂上留心學習，用有限的智慧，嘗試理解、進入別人的生命故事，從中窺探生命的奧祕。

想想也是時候交一份見習報告了。

註

1 安徒生的散文〈墓裏的孩子〉於 1859 年 12 月出版的《新北歐詩歌和芬蘭、丹麥及瑞典作家剪影集》首次發表。

2 安徒生作品〈母親的故事〉於 1844 年最先發表在《新的童話》一書內。

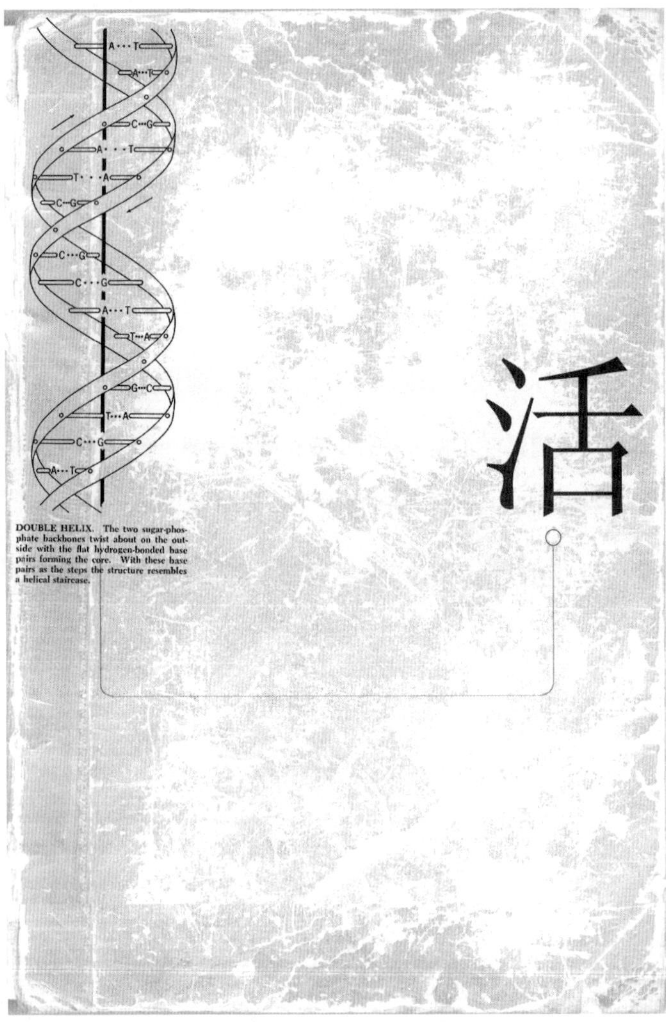

DOUBLE HELIX. The two sugar-phosphate backbones twist about on the outside with the flat hydrogen-bonded base pairs forming the core. With these base pairs as the steps the structure resembles a helical staircase.

在死亡前

在苦難的毒鉤下，仍能欣然接受自身的狀況；死亡，沒能威脅她。為什麼她可以如此豁然？

1

「陳醫生，你說這會不會是真的？」張女士誠惶誠恐，從皮袋裏掏出一張對折的紙，遞過來，眼睛悄悄地打量着我，想要從我閱讀的表情找到答案。

是從互聯網列印下來的資料，洋洋灑灑，有一行字的底下還煞有介事地畫上紅線：「乳癌病人，十年之內死亡的比率高達六成。」

就是這句話叫張女士神色凝重、憂心忡忡吧！我得充當鑑證官，為她分辨虛實。

現在的病人也真厲害！資訊發達，一按電腦鍵，什麼疾病、療程怎樣、副作用如何，以至死亡率等，都在指尖下一一呈現。他們對自己害的病，隨時比一般醫生認識的還要多。

張女士眉心緊蹙，幾近光禿的頭顱，像烈火燒過後，只餘幾根枯黃的弱草，在平滑的石頭上抖動喘息，風一吹過，隨時會被連根拔起。這一頂荒蕪，真有點觸目驚心，任誰看到心都會酸溜溜的。

我擠出笑容，想緩和緊張的氣氛，「唔……不十分準確。這樣說比較好：乳癌病人，能活超過十年的比率起碼有四成。」還刻意加重「起碼」兩字的語氣。

她頓一頓，眼珠流轉須臾，噗嗤地笑了出來，舒顏了。

張女士一定認為面前的醫生在取巧，賣弄數字遊戲。但她似乎不想直指出來，生怕戳穿我的意圖，也像要保護什麼似的；好比一個飽滿的、懸浮於空中的肥皂泡，沒人願意打擾它，惟恐稍一不慎，令人遐思的五彩希望，便會「啪」地一語道破。

我如此說，只想張女士明白，數據是一枚硬幣，印着「盼望」和「沮喪」兩面，得用智慧去分辨。我刻意讓她看見「盼望」的一面，好能幫助她積極地面向前路，克服疾病帶來的身心痛楚。

況且，死亡率是很籠統的計算，由千千萬萬的病例核算出來。但病人的病情和治療的反應其實都不盡相同，身體狀況、性格和生存意志，也直接影響抗病能力，一個如此籠統的數字，實在很難套用到個別病人身上。

「所以，」我說下去：「你還是聽話，乖乖地接受化療，專心面對挑戰，打好這場仗吧。你還要看兒子戴上方帽的帥相呢！」我見過她的孩子，很懂事有禮。

經我提醒，張女士臉上立刻閃爍着憧憬，對我這一套很受落，高興地回應：「對呀，陳醫生！」一面笑着，一面伸出手臂，讓我為她抽血檢驗。剛才繃緊的氣氛一下子消散了，張女士整個人也輕鬆開朗起來，我知道，此番鼓勵正合用。

「陳醫生，你的口才了得！好，我的血管素來出名不易找，看你可有這個本領──『吸』我的血！」啊，倒來挑戰我了。

「哈，真巧，我可是出名的『吸血鬼』呢！只要你願意就醫，我就找得到血管。」說罷已拿起棉花球，在她手臂上消毒。

這病人的兒子現在唸小六，等他大學畢業，剛好十年。當我為她繫緊繃帶，注視着針筒內湧流的血液時，心裏暗暗祈求這流動的液體，可以一直維持到她兒子大學畢業的那天。

抽過血，張女士把帽子戴回去，又取出一面鏡子，再三端詳，細心給帽子的絲帶打個花結。「謝謝你，陳醫生。為了兒子，我會活下去的。」離開診症室前，她回頭笑道：「下星期化療部見。」又整一整帽子，肯定它不會掉下來了，才放心離去。

走了兩步，張女士忽然想起什麼似的，回頭，略帶緊張，走近剛坐過的椅子，低頭檢查。「啊，對不起！這些頭髮，掉的數目很嚇人！」她不好意思，急忙彎腰，右手在椅面掃了掃，把脱髮都趕到左手掌心上，再把髮絲抖進門旁的垃圾箱。

「不要緊張，是暫時性的。」我安慰她說：「化療傷不盡，春風吹又生。」

「對呀，陳醫生！明天會更好。」張女士笑着補充，哪個女子不愛美？

記得有一個中午，我正趕去另一所醫院開會，在巴士站候車時，遠遠望見她。那時她剛接受過一輪化療，出院了，想趕上一輛正要開走的巴士。她跑呀跑，一手提着塑膠袋，一手猛揮，要巴士等她。忽然一陣強風吹來，竟把她的帽子吹走了，露出稀疏的髮絲，叫在巴士站候車的乘客一陣愕然，目光直往她頭頂聚焦。張女士有點窘，回頭拾起帽子，巴士是趕不上了，留下她呆站路旁，一臉通紅，頭垂得低低的……

「聽說新長出來的頭髮會更幼更漂亮呢！不信的話，可以問問癌症互助小組的人。」我說。

張女士的眼神，又流露盼望。

往後一天，我在太子地鐵站等朋友，猛不防給人拍了拍肩膀，「陳醫生，怎麼啦？不認得我嗎？」回頭一看，嗯，怎麼張女士留着劉海，還有一頭濃密鬈曲的烏髮呢？

「反正化療療程還有大半年，我索性先把頭髮剃光，早點開始戴假髮才划算！你說好不好看？」她攏一攏假髮，看來心情不錯，還補上一句：「唉，看我多貪靚！」

「真叫人眼前一亮！很好！」我回答說，又豎起拇指示意。張女士如此正面迎戰病魔，愛惜自己，怎會不值得嘉許！

化療的日子並不好過，嘔吐、倦怠、食慾不振等副作用，都在摧殘張女士的血肉之軀，她消瘦多了，面色也顯得蒼白憔悴。由於上幾趟化療過後，她都吐得厲害，如今她每看見我端着針筒和化療藥物，臉孔就會抽搐，皺作一團，顯然感到作悶嘔心。看她拿出塑料袋要吐的樣子，我總鼓勵她：「放心，我早已為你下了止嘔藥，這次該舒服點了。」

她聽後總會莞爾，又是那句口頭禪：「對呀，陳醫生！」然後深深吸一口氣，如臨大敵般，斷言：「來吧，我會打贏這場仗的！」

真要到我為她注射化療藥物，或架上鹽水點滴時，她總是那麼堅定和充滿自信，在在讓人知道她矢志要擠進那道生存的「窄門」。在門的那邊，她可以為兒子拍下他高拋畢業方帽時雀躍的情景。

一回回的化療，張女士都一步步跨過去了。一晃眼幾個月過去，她濃濃的烏髮又長回來，臉色重現光彩，笑容更燦爛，而且身體檢查也沒有大礙，叫我和許多認識她的朋友都感到安慰、興奮。眾人的期待，總算沒有落空。

有一次，兒子陪着她來抽血，霎眼我差點認不出他來。不到一年，他長高了，和母親平頭，因為身材拔高，反顯得瘦了。他五官輪廓鮮明，臉上多了青春痘，也帶着青少年一貫的沉默青澀。這少年人很有禮貌，留心聽着母親的驗血報告，臨走前還連聲道謝，扶了母親一把。

我彷彿看到一幅圖畫——在大學畢業典禮上，張女士綻開歡顏，兒子身穿畢業袍，親昵地挨近母親，左手輕放在母親的肩膀上，右手就調皮地從背後把一頂方帽，如皇冠般，加在母親濃密的秀髮上。

我知道，治療得以成功，是因着她的盼望，她對生存、對將來存着不死的決心。

這份盼望衍生無比的力量、信心，教張女士無畏化療帶來的種種痛楚，不自怨自憐，咬緊牙關硬挺下去。也因着這份盼望，她突破了生命的苦況，進入更寬廣的人生。

2

黑暗裏滲透的光，叫軟弱的人在茫無所依中，找到活下去的希望和動力。不自暴自棄，病人就有能力、勇氣長期作戰，跨越治療的苦痛，走出生命的幽谷。

我是帶着這份認知來到腫瘤科病房工作的。

但在腫瘤科工作了一段日子，我發現——希望可不易抓得牢。

這部門接收的都是癌症病人，許多的腫瘤都到了後期，手術切除不了；或因手術後病情反復惡化，必須退而求其次，利用化療、電療等抑制癌細胞生長。這第二、三線的醫治方法，效果往往並不理想，有時更徒添病人痛楚。

接見室裏，我從公文袋抽出蕭先生的一張電腦掃描，按下身旁燈箱的開關，白光閃動三下，面前的燈箱便白花花地透着光。我掛上掃描底片，眼前又灰灰黑黑了。

蕭先生的前路，也是這樣，看不見光明。

我端詳照片，腦中不由地浮現蕭先生憔悴的模樣：雙目下陷，瘦骨嶙峋，仍堅持抵受一瓶瓶化療點滴的注入，「嘔——」他又嘔吐大作了，一陣陣強烈的抽搐，帶着劇痛，由胃部往上推；胃早被掏空，卻把眼淚口水和鼻涕都擠出來，還有那酸苦的胃液。他痛苦得「喀喀」連聲，把分泌物吐進牀邊的塑膠袋。

癌細胞肆虐，身體節節敗退，潰不成軍。

燈箱旁，蕭先生的妻子和三名女兒把我團團圍着，要說的話不住在我腦海盤旋。

蕭太太五十多歲吧，穿着黑色的羽絨褸，圍上了圍巾，一臉愁容，身子顯得有點虛弱。三名女兒，都是圓臉，頰骨有點寬，像父親；最大的該有二十多歲，最小的才十多歲，挽着母親的臂彎。一家人緊緊地靠攏，彼此依偎着，也互相支持着，眼神像認了命，卻又心存僥倖。

我又回頭細心檢查電腦掃描一遍，除了確保診斷無誤外，更讓病人家屬明白醫生經過深思熟慮，才下決定，並不馬虎倉卒。這半分鐘，也叫家屬調整心情，留心聽取報告。

「蕭太太，」我神情嚴肅，帶點黯然，說話放慢：「經過最近一次化療，蕭先生肝臟的癌細胞，似乎對藥物的反應並不理想；腫瘤還大了兩公分，肺部和腦部也出現了轉移迹象，所以——」

我刻意頓了一頓，好讓各人都有心理準備，留心接下來的結論：「我與部門主任開過會，衡量得失，認為化療對蕭先生的病情，並沒有好處。」

在一個多月前，我對她們說的都是同一番話。

從她們的反應看來，眾人都明白背後的意思——病人的肝癌已經不受藥物控制；化療帶來痛楚和副作用，遠超過它的功效。

蕭家各人眼眶通紅，擁作一團，傷心啜泣。這個多月來，她們仍未能接受這個定局。

「醫生，不繼續化療，我怕……我怕……我丈夫接受不了。他的生存意志已很薄弱，請你幫幫忙，別把癌擴散的消息告訴他。我怕他會很絕望，他會……放棄。」蕭太太苦苦哀求，她明白化療是「保險線」，為病人帶來生存的盼望，遠比實際的效益大。

放棄治療，聽來既無奈，又冷酷無情，要下這個決定，委實不易。病人家屬即時接受不了，可以理解。月前我和主管考慮到這種種因素，才「勉為其難」為蕭先生多添一個藥物療程，希望在過程中讓各人適應，調整期望，作好安排面對現實。今天的局面，其實早在預料之內。

現實很殘酷。蕭太太和女兒哀哭不已，我的心也感戚然，我還能為他們作什麼呢？當你賴以生存的立足點也崩潰塌下，雙腳一踏空，能不栽進絕望的深淵裏去嗎？

張女士的故事，又一次在我腦中轉動，叫我感到矛盾：一方面我明白冀盼對病人的重要性；另一方面又不想有關連的人不切實際，利用治療逃避什麼，自欺欺人。何時放手，如何迎迓死亡，是末期病人和他的親屬必須學習的課題。

該怎樣行來重燃蕭家的希望呢？我竟像一個劊子手，冷漠地執行任務，判詞成了一陣寒風，將僅有的燭光也吹滅了，叫前路又冷又黑。總可以說些安慰的話吧。我低聲說：「我明白你們的苦衷，但病情來到這個地步，蕭先生本人大概也想了解自己的情況吧。你們家人再商量一下，如果認為有這個需要，我可以和你們一起見他。」

「醫生，如果終止化療，我爸爸會……怎樣？」二女兒的聲音哽咽，從這家人的眼神、反應，她們早已心裏有數。

我給她們遞上手巾紙，解釋說：「化療終止，不再下藥，病人就免受藥物副作用的影響，身體狀況在短期內會稍稍轉好，精神甚至可能比現在還要好。你們不妨利用這段日子，多做一點事。」

我頓了頓，望向眾人，輕聲説下去：「之後，一般來説，病人的病情會反復，甚至轉壞。到時醫生會用輔助藥物，儘量減少他的痛楚，令他舒服一點，生活的素質好些。我可以安排他入住療養院，那裏環境比醫院安靜，空氣較好，也有醫生駐守，對他的心境和病情，或許有幫助。」這是我最後能做的事了。

病入膏肓，塵世的痛苦折騰撕裂身心，叫人舉步維艱；生命快要終結，走上的不歸路，直通死亡的密室，逃脱不了。如何在絕境中尋找生存的力量呢？還有什麼能燃亮黑暗呢？

離開腫瘤科時，這人生疑問，教我背後像拖着鉛錘，心情相當沉重。

3

不久以後，我給調派到肝膽科工作，認識了病人麥太太。她宛如一位天使，為我開啟了一扇窗，窗外天地遼闊。

我仍記得那是一個明朗的星期天，麥太太在上教會途中，在馬路旁不支昏迷。

當時她在人行道上忽覺噁心、作悶，一股洪流湧進胃裏，胃部有如千軍萬馬翻攪，承受不了，就把液體往食道向上推……這感覺似曾相識，麥太太清楚知道，這是死亡的呼喚！「嗝——」一聲嘔吐，她吐出一大攤鮮血來，鮮血染紅了馬路，她也倒下來，迅速休克過去。

幸好，路人馬上把她送進急症室。當時她的心跳和血壓都很微弱，生命繫於一線。醫護人員趕緊把一包包血漿沿她頸部的大靜脈輸進體內，又馬上給她安排緊急手術。

內窺鏡下，外科醫生發現她的食道血管嚴重曲張，並且破損，血液如泉水般從裂口湧出來，於是進行緊急「硬化療法」(sclerotherapy) —— 在曲張的靜脈附近，注射可形成結疤的硬化劑，令破損的血管閉塞，才勉強止了血。

麥太太給推出手術室時，情況仍然危殆，得送往肝膽科的加護病房。

我在她牀邊細閱病歷，也替她抹一把冷汗 —— 是年半以來的第二趟了，這次她能逃離死亡的關口嗎？

麥太太患上肝硬化和肝衰竭，這幾年都活在肝病的煎熬中。才五十歲，皮膚已失去光澤，乾燥有黃疸；她一臉滄桑，看起來像六十多歲。由於肝臟功能嚴重衰退，無法正常製造白蛋白，血液內的蛋白質不足，便造成水腫，手腳腫大得把皮膚也拉緊了，平滑泛亮，按下去仿如壓向太空枕頭，會凹陷下去，久久不能恢復原狀。

此外，每隔一段日子，她的肚子便會隆起，像吹緊了的皮球，得入院把積滿的腹水抽掉。已經硬化的肝組織像一塊塊石頭，捏壓着自食道流向肝臟的血液，血液流動受阻，壓力增加，令食道的血管曲張。正如一條膠水管，流水的出口一旦阻塞，管內的壓力就會急升，甚至把水管與水龍頭的接口扯破。

曲張的血管是個定時炸彈，隨時有爆破的危險；加上肝功能嚴重衰竭，影響凝血功能，食道的血管一旦破損，血液便會像按壓不住的噴泉，自缺口一湧而出，造成嚴重失血，以致休克。

麥太太已先後動過幾次手術，由於病情嚴重，醫生盡了最大的努力，把血液分流，以減低食道血管的壓力，可惜效果並不理想。死亡近在咫尺，生與死之間，不過剩下一條既窄又彎的路，隨時會逾越過去。

經過一輪搶救，這次麥太太在瀕死邊緣，又給留下來。

縱受病痛纏磨，麥太太卻活得滿有喜樂，罕有皺着眉愁着臉，每次見她，她總是撐着疲弱枯黃的身軀，對着我笑。

那天清晨，我早了巡房，看見情況稍稍穩定的麥太太，正在病房裏緩緩地活動雙手雙臂，嘴裏唸着口訣：「一個大西瓜，剖開一半；一半給他，一半留下送給你……」當她把手掌推開，才霍然留意我抱着胳膊，站在她背後，於是「順水推舟」，說：「啊，嘉薰醫生！吃西瓜。」她笑瞇了眼，還耍了一個「空中推瓜」的招式，要我把瓜接住，我忍不住笑了出來。

看到她的笑靨，我不相信面前是一個末期病人——一個最有理由絕望、充滿怨懟的人。在絕望中，這笑容彌足珍貴，仿如某種力量，超然於死灰之上。

「嘉薰醫生，上帝又拒絕了我！」她精神不錯，還打趣說：「今天我們又可以相見。」

「喔，好極了！」我也還她一個微笑。麥太太病況好轉，還會開玩笑、做運動，我感到好不安慰；但按血液報告來看，黃疸指數仍不理想，顯示肝功能差勁，還有血色素很低。

我低頭掀報告，覺得頭頸有一點痠痛，於是扭動肩膀，略為舒展肌肉。

「嘉薰醫生，怎麼一大清早頸就僵了？看，我上個月學會的太極招式，很有趣呢！你雖然年紀輕，做做運動鬆弛一下也是要緊的，老了才鍛煉就太遲了。來，我們一起做！」她興致勃勃。

於是，我眼前長了一個大西瓜。她雙臂伸直，向左右掰開，在空中弧了一個大大的太陽。

剖開一半。右手微曲，手掌作握手狀，由頭頂位置向下劈落至腰間。她緩緩地在空中比畫着，呼了一口氣。

一半給他。啊，向左邊使出一式「雙龍出海」。

一半留給你。手掌歸心，吸氣，使勁向右慢慢推出一記「四兩撥千斤」。我給她逗得哈哈拍掌，問：「這是什麼招式？跟我父親學的不一樣。」

「這叫楊家『麥式』。」她調皮又神氣地回答，然後回到牀邊坐下來。

我欣賞她的堅定，在死亡面前仍一派幽默樂觀。

「今天肚子還痛嗎？」我言歸正傳，最近她腹部靠肝的位置總在隱隱作痛。

「還好。肉體的痛，還受得了。」她說得寬容，隨手輕按上腹，一轉念間，卻有些感傷，「每次病情嚴重，躺在牀上連動一下的氣力也沒有，大小便失禁，把衣服被單都弄髒了，我就很內疚，很有罪惡感。」

「別這樣想。護士和病房助理都明白，可以幫你清洗。」我安慰她。

「連給自己洗個身也沒能力，真沒用。」她自怨自艾，但馬上又好像察覺到什麼不對，就搖搖頭，說：「以前我總恨自己，像個廢物；現在已適應下來，不過還得常常提醒自己，用感恩的心學習接受別人的幫忙。」

「我們醫護人員都該盡上本分幫忙的。」末期病人要學習讓人照顧，也不簡單。

「身體衰殘到這個地步，該把它留在地上！」麥太太掠開頭髮，眼神流露盼望，一種在末期病人臉上難得一見的光彩，叫我想起張女士，當她聽見要活着參加兒子的大學畢業典禮，臉上閃爍着那種喜悅、憧憬。

對行醫的人來說，不難明白衰敗的軀體早晚會過去的道理，但麥太太在苦難的毒鉤下，仍能欣然接受自身的狀況；死亡，沒能威脅她。為什麼她可以如此豁然？

麥太太似乎從我的眼神，看出我的疑惑。她靠着牀欄，跟我說：「嘉薰醫生，你看過不少生死吧？你愛旅行嗎？」

我點頭。年輕人，誰不愛旅行？可是，在苦難歷練方面，我……

「我像你這般年輕時也愛旅行，婚後和丈夫到處遊歷，看的吃的都賞心快意。其實人生在世也是一趟旅程，我們怕離開，是因為眷戀旅遊。」

她竟將自己比喻為過客，世界是暫居之所。如果這是暫時下榻的一間旅館，那麼下一程呢？

我想當日自己就像《最後14堂星期二的課》(*Tuesdays with Morrie*) 中的作者艾爾邦 (Mitch Albom) 那樣，在罹患絕症的教授智者的病榻旁邊，就人生種種課題向他請教一樣。

「中國歐洲美國東南亞，我們都去了。」麥太太懷緬逝去的日子，那是她的流金歲月。

稍頓，她直視着我，說：「一直旅行下去固然好，但旅程總會完結，總有回家的一天。上帝告訴我，人生不過是一個段落；死後有一道門，相信上帝的人，便可以進到更美的家鄉。這天堂之道，是生命最好的出路呀。我的旅程可以如此終結，到更美的地方，很好啊。」她娓娓道出這超越人世的終點，難掩心中的喜悅。

她從抽屜拿出一本《聖經》，一輪快速轉動，就在一頁上停下來，仰頭跟我說：「嘉薰醫生，我很同意〈羅馬書〉第八章這一段，它說世間縱有患難、困苦、逼迫……但靠着愛我們的主，在這一切事上已經得勝有餘了。」

「上帝讓我能在患難中忍耐下去，因為有盼望、有祂的承諾——將來更美好。」麥太太對未來挺有把握似的。

惡疾、苦痛擊倒不了，她勇敢地挺下去，還心懷感恩，享受、珍惜每個新的一天。誰還能說這盼望不切實際呢？它實實在在地叫人面向世間的一切。

生死場上，我這個新丁，也許實在不忍見病人病逝，話題一轉：「你要好好活下去，別老說死亡和天堂，活在當下嘛。」

「嘉薰醫生，我會好好地活每一天；但我心知肚明，還能撐多久？」麥太太笑着說：「是時候交功課了。」

「交功課？」那時我還不是基督徒，不明白她的話。

「上帝在每個人的生命中，都有計劃，有任務要你完成。走完人間路程，就要像學生一樣交功課給祂。」難怪麥太太把世上的日子，都看作要用心辦妥的差事，不該白活。

「哈哈，我先上天堂，泡一壺好茶，和老頭子一起等你下班來喝。約定了啊！哈哈哈！」麥太太大笑。她的喜樂，感染了我。死亡少了幾分狂傲。

兩個多月後，麥太太又入院了。那時她黃疸得厲害，還嚴重貧血，糞便轉黑——她的上消化系統又在淌血了，紅血球在腸胃裏經過分解，將大便染成墨色。

她身子虛弱，軟癱在牀上，站不起來教我「切西瓜」了。我為她大量輸血，也深知她的生命，正一點一滴在溜走。

是破曉時分，麥太太雙眼闔上，嘴巴張開，沉沉地呼吸着，均勻、平靜而緩慢，有點吃力卻又顯得安詳。她的血壓很低，心臟再無法振作，只是微弱地跳動着。她的親友都圍在牀邊，在不捨的詩歌聲中跟她送別。她嘴角帶着微笑，終於卸下塵世的痛苦。

晨曦中，我回到辦公室，撰寫麥太太最後的一份病歷報告，像一個埋首功課的學生。停筆思索間，不由想起過去與她相關的點點滴滴，不禁有點傷感，但也有一份安然，心裏為她送上祝福。我得感謝她給我打開了一扇窗，窗外天地寬廣明朗，可以讓無知的我探究痛而不苦、死後卻仍享有永生這種盼望的真象。

寫好了報告，踏出辦公室，晨光中，幾個上了年紀的病人，正在醫院平台耍太極。我站在一旁看着，耳畔又響起麥太太清脆的聲音：「一個大西瓜，剖開一半；一半給他，一半留給你……」

寒冬中

一名孩子病危，呼吸困難，奄奄一息，

母親在旁守護，不忍他離去。

就在母親打盹一刻，

死神悄然把孩子抱走了。

母親醒來，驚覺失去孩子。

嚴寒中她四出奔波，到處打聽死神的下落，

要從死神手中奪回孩子。

她不相信，

上帝會在這個時候取去她的孩子。

待續……

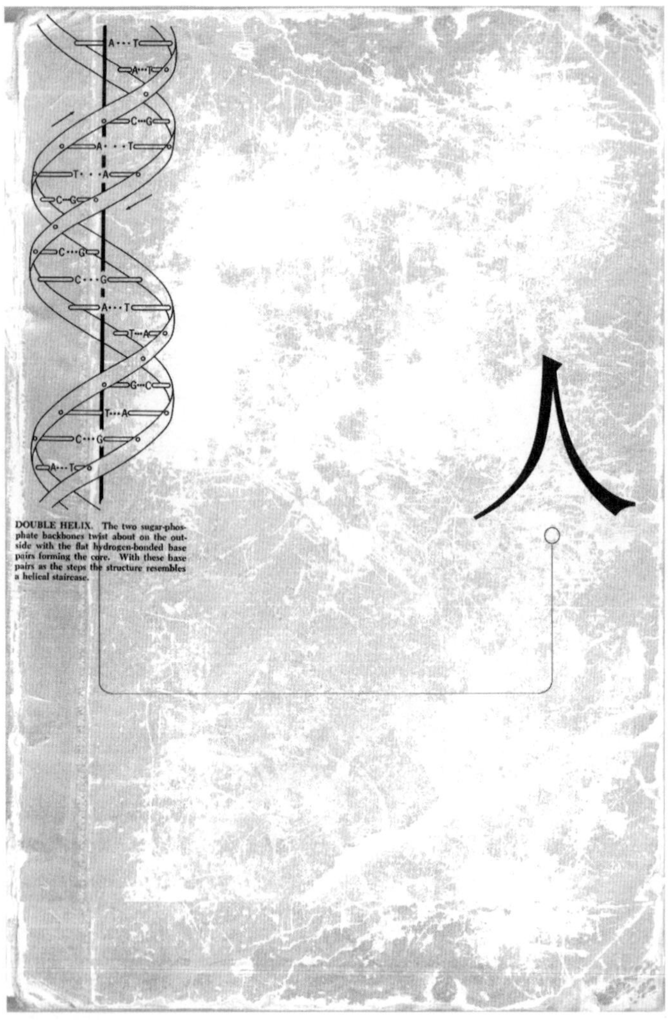

DOUBLE HELIX. The two sugar-phosphate backbones twist about on the outside with the flat hydrogen-bonded base pairs forming the core. With these base pairs as the steps the structure resembles a helical staircase.

情還在

手術室被譽為「生命的殿堂」；殮房呢？除了專注查明死亡真相外，也有生命的啟示嗎？

1

臨牀生涯告一段落，我轉到病理科工作。

七月一日，一個星期六的早上，陽光正烈，我加入病理科的第一份工作，是到殮房觀察解剖。

剖驗快開始，殮房老主管領我到更衣室，着我換上保護衣。二人來到一個門口，大門上有警告標示——「殮房。未經許可，嚴禁進入。」那是一個面積較為狹窄的儲藏室，兩邊靠牆的架上，一對對不同尺碼的膠靴子列隊排開。我穿上自己尺碼的一對，推開另一端的大門，踏進「死亡地帶」。

存放屍體的地方，燈火通明，大理石地板也打掃得很乾淨；幾條染上血迹的牀單毛巾，安放在等待清理的膠桶中。這裏一切看來很有條理，並不如想像中陰森。我吸一口氣，嗅不出異味。

沿着筆直、寬敞的通路望去，盡頭有一大門掩着，門後是「解剖室」。門的上半是一面透明的玻璃窗，我遠遠就看到穿上保護衣的霍教授，正彎腰檢查一具屍體。

也許在醫學院時曾觀察病理剖驗吧，這次因工作緣故，接觸屍體，並沒有想像中新奇興奮；反而那通往解剖室的路，叫我印象深刻。

通道兩旁的牆壁，滿是「抽屜」，排列整齊劃一，每行直排三格，每格面積 27 吋 x 20 吋，向解剖室延伸過去。算了算，該有一百多個吧，有點像中藥店的百子櫃，卻是銀色，滲透着一種冰冷。每個抽屜前面都插上一張卡片，上面有的是空白，但大多都用原子筆寫上了名字。

「張十妹」、「陳永」、「霍志華」、「李恩樂」……我一路走去，心裏默唸，彷彿在蕭森的墳塚之間，檢閱墓

碑上的名字 —— 一個又一個名字迎向我，又與我擦身而過，死寂無言。他們各有自己的故事，或愛過恨過，或富貴潦倒，或顯赫平凡，統統隨着歷史的長河流逝。走到生命的盡頭，都只化成一堆名字，給分配到一式一樣的抽屜裏。

27 吋 x 20 吋的洞穴，是眾人最後佔據的空間，不會多，也沒有少 —— 人的終站。

昨天晚上我還在外科部門奮戰，病房內紛紛擾擾，病人都等待醫治、康復，再上路。是活生生、有血有肉的眾生。如果病房是生與死的戰場，醫生和病人各要為頑疾衝鋒陷陣；而殮房就呈現大戰過後的荒涼，一切回歸平靜。病房裏，死亡在前，各人努力以求扭轉頹勢；殮房裏，死亡已成過去，無法倒逆。

我感到陣陣寒風，四周有些陰冷。五分鐘前我還抱怨天氣熱得叫人難受，怎麼一踏足這裏，卻陰風陣陣？

「陳醫生，你有所不知，這是殮房的藏屍地，每年要處理一千七百多具遺體，現在還夠用，將來人口老化，死亡率高，就很難說了。」走在我身旁的殮房主管開腔，輕描淡寫，像在闡述貨品出入的流程。

他整一下黑框眼鏡，食指舉向我，點一下，解說下去：「藏屍格和冰箱沒兩樣，氣溫都保持在攝氏四度左右，且天天有人專責核對溫度，擔保遺體不會腐爛。老細說，這叫什麼『優質服務』、『品質保證』，哈。」這兩個現代管理學的名詞出自老人家的口，有些彆扭，但這種人情味也有助緩和冰冷氣氛。

他挺着肚皮，一搖一擺走在前面，背後看去有如唐老鴨——怪我小時看卡通多了。來到解剖室大門，主管扭過頭跟我說：「陳醫生，你有所不知，這解剖室很巴閉，每年解剖超過三百具屍體。」頭一昂，很驕傲的樣子，又舉起食指指向我，道：「考考你，你可覺得這裏『陰風陣陣』？」還詭異地瞄我一眼。

我點頭正要表示同意，他就咧嘴而笑，又指向天花板，沒等我回答就很自豪地「揭盅」:「這當然啦。你有所不知，整個殮房的空氣是流動的。嘻嘻，空氣流動便成風。」他像給一個幼稚園學生上課。

「嗯？」我一臉惑然，真的想知道原委。

老主管樂透了，咧嘴大笑，一副「我比你清楚」的模樣，很有優越感。他興致勃勃，再舞動食指，我知道他又「你有所不知」了。「殮房是存放屍體的地方，有些屍體不是帶有傳染病菌嗎？那麼空氣也就可能附着病菌，所以殮房是醫院的『低壓槽』，空氣只往一個方向流動，進來了，便不會環流到醫院其他地方去，以防止什麼——叫什麼——」

「交叉感染。」我代他說。

「對，交叉感染！」他嚷道，又向我微笑致意，然後重拾話題:「殮房通風系統的設計很了不起，一個小時內可把空氣徹底更換三十次以上，全天候運作，犀利過犀飛利。」他對自己的講解十分滿意，又用眼神問我「明白了麼？」我笑着點頭。

喔，空氣如此高速地更替，難怪會「陰風陣陣」。

殮房老主管回頭望我，瞥見我背後什麼，微笑說：「嘻嘻，終於到了。」拇指往他身後的解剖室一指，「你自己進去，我去打個招呼。」便逕自走開。

殮房之地，他在我背後看見什麼？難道……我回頭，老主管正大搖大擺，走向通道的盡處，像鴨子看見可口的飼料，嗒嗒急步上前。

* * *

不遠處的通道上，不知何時擺了一張銀色的不鏽鋼牀，牀上躺着一具屍體，牀邊站着兩個青年，身材高大、雄赳赳的，一身襯衣牛仔褲，襟前別上職員證。一名法醫官也到了。他彎腰往屍體的腹部按下去，又用手指指點，和身邊的青年談了幾句，對方就提起照相機，對準法醫官的指頭處，「喀嚓」一聲，鎂光燈即閃爍幾下；另一個青年就拿着簿子負責記錄。

噢，原來是警察，真「有型」呢！那是我第一次遇見便衣警察，才知道殮房也是警察經常出沒的地方。凡屬暴斃，或原因不明、有可疑的死亡個案，都須呈報死因研究庭，由警方介入調查。警察，是病理科醫生的好拍檔。

這一幕法醫官和警察認真、專業地處理屍體的情況，一直烙在腦中。有好些日子，我一度幻想自己是個神勇法醫官，和警隊一羣英明俊傑，合力破解許多奇案。

我回身，整整保護衣的領口，解剖室的門向前敞開，我踏進這個研究死亡的心臟地帶。

霍教授正準備下刀。他的刀鋒壓在死者胸膛上，筆直地向腹部移去，皮膚、皮下脂肪和肌肉隨着刀鋒過處，向兩旁擘開，像打開皮肉的拉鍊，下面的肋骨和腹腔內的肝腸，盡露眼前。

「解剖室是整個殮房氣壓最低的地方，因為屍體一打開，什麼細菌都有可能走出來，叫這裏的空氣受到污染，萬不能讓它再流往醫院別的地方去。」霍教授一邊解釋，一邊低頭檢查死者胸腔內的心肺器官。

我彷彿當場目睹一顆顆病菌，從剖開的胸肺缺口蜂擁而出，撲向解剖桌旁的我。我不期然往後退一步。

解剖室猶如密室，釋放出來的病菌，往哪兒跑？工作人員豈不是被病菌重重包圍侵襲？

霍教授見我往後挪步，心平氣和地說：「你放心，解剖室裏的空氣，都是往下排去。你自己找找空氣的出口。」

我四下打量，發現解剖室的牆上，在高及成人大腿至膝蓋位置，有一列排氣出口。霍教授着我留意解剖桌上的小孔，說：「除了牆上的排氣口，解剖桌上這些小孔，也是空氣的出口。空氣由上而下地流動，就可以避免病菌直接撲向剖驗中的醫生。」

我瞪眼，殮房的空氣流動也真設計周密，之前我毫無所知。

也許剛離開外科部門不久，這刻望着教授提起刀，對準桌上的死人，再想到通風系統……嗯，解剖室和手術室的設計原來很相似。手術室被譽為「生命的殿堂」；殮房呢？除了專注查明死亡真相外，也有生命的啟示嗎？

霍教授告訴我，死者是一名中年漢子，因腹痛入院。驗血報告指出他電解質紊亂，正要推進手術室施行緊急手術，準備打開肚皮看個究竟，卻在手術室外突然心臟停頓。

「你看，屍體解剖不難，大多只會在病人身上留下兩刀。胸腹下刀的位置，一般是在頸部和胸骨之間，沿中線切下。有人還會沿頸項下端橫向剖開，切口就會呈 Y 字形，打開時像開門一樣，令檢驗更方便、範圍更廣。」霍教授解釋認真，語氣平淡而專業：「而檢查腦袋時，切口要在後腦地方，連接左右耳朵，再把頭顱打開。」

霍教授最後留下一句：「無論如何，傷口都不可越過頸部位置，而頭部的切口務必在後面，這樣當死者穿上壽衣時，就不會影響遺容了。做什麼，都要想一想死者在世的親屬。」

那病人的大腸嚴重壞死，為了深入檢查，我們得剖開他的大腸，用水把糞便沖掉，好察看腸壁。儘管空氣每小時更換三十多次，也儘管氣流向下排放，但那壞死的器官已生腐臭，再加上糞便的惡臭，迎面襲來，叫我噁心，幾乎把早上吃下的麵包牛奶全都反芻出來。

解剖完畢，我狠狠地洗了一次澡，雙手也不斷用沐浴液搓洗多次，但沾附在手上、頭髮和皮膚的異味，老是揮之不去。中午用膳，桌上擺了一盒今早預定的咖哩牛腩飯，但腦海抵不住聯想，咖哩的色澤氣味和牛腩在眼前都變了質，才打開飯盒，就匆匆把蓋子合上了。

2

有那麼一段日子，我幾乎每天出入殮房，為解剖檢驗忙碌，死亡一下子團團圍住我。

殮房的屍體，來了又去，一格格的藏屍櫃，冷冰冰的，沉默的屍體，和櫃子一樣，冰冷、木然。每年殮房剖驗的屍體，多達三百具以上，解剖的工作量大，我的職責變得卑微，成了例行公事。我只管做呀做，有好幾次一口氣處理了兩三具屍體，在斜陽中踏出殮房時，一陣虛脱，就像躲進戲院幾個鐘頭，一走出來那種天昏地暗的感覺。

就這樣，我鑽研死因，累積了工作經驗和醫學知識，了解掌握解剖的竅門；同時也發現大多數死亡個案，千篇一律。長期和末期病人，死因明顯，剖驗結果都在意料之中；一切變得理所當然，死因研究也不外如是，乏善足陳。日復一日，人就易感疲累，易生厭倦，在剖驗過程中，人變得麻木。我的日子刻板枯燥。

至於工作過後留在身上的那股異味，隨着時日過去，我已習慣下來。下班了，在嘩啦嘩啦的水龍頭下，所有黏附的病菌和異味都一一給刷洗去，也沖掉解剖桌上許多死亡的細節。日子更是平淡無奇。

那天清晨，我如常上班，才踏進辦公室，祕書便告訴我，早上安排了一宗解剖，死者正從病房轉到殮房，病歷也剛從病房帶來，放在殮房辦公室的桌上。

七十多歲的周婆婆，三天前肺炎入院，住院期間情況好轉。這天早上吃過粥，便坐到電視機前看電視，等待職員替她安排出院，卻在椅子上過去了，樣子安詳，垂下頭來，眼睛可永遠的闔上。

死因並無可疑，估計婆婆的死亡，多由心臟血管或腦中風引起。這種解剖，對病理科醫生來說，不難，我無可無不可地接受了。

來到解剖室，前面銀色的解剖桌上，躺着周婆婆的軀體，平靜安適，是剛從病房送來。

跟以往的剖驗一樣，我站到屍體旁，先作表面檢察——身體上沒有傷口，皮膚也沒有異樣。

我試把婆婆轉動，好檢查背部，甫接觸婆婆的身體，我的心就格登一下。

體溫！那跟常人無異的溫度，赫然從指尖傳來。這溫度，就像觸碰過身邊哪一個！在不安中，我繼續評估屍僵的程度。才舉起婆婆的手，她手臂手腕的關節，竟活動自如！那皺紋密布的手，輕柔地放在我的掌心上，像是一個正在酣睡的長者，握着我的手。

這身軀溫暖柔軟，對長年進出殮房的我來說，是很陌生的。我接觸、處理過的屍體，都曾放進藏屍格，在攝氏四度的溫度下待久了，變得僵硬而冰冷。

這陌生的感覺，叫我不安。

我提起鉗子和手術刀，在剖開婆婆的軀體前，曾有一刻的猶豫。婆婆真的死了嗎？兩小時前，她還在看電視；一句「Certified dead」（確認死亡）之後，她就躺在解剖桌上，由我剖驗。

「死亡時間」是一條微妙的分隔線，一邊是生的大地，另一邊卻是死的荒原，存着無法逾越的鴻溝。我剖下的一刀，在死亡線前，是謀殺；一刻之後，剖驗就變得名正言順，理直氣壯。我這個病理科醫生，便是站在死亡的彼邊，去破解死因。

解剖發現，婆婆因肺炎併發動脈炎，血管壁變得脆弱，相信她看電視時，體內大動脈正給扯破，血液如噴泉湧出，一下子灌滿心臟四周狹小的空間，即「心包腔」。心臟一旦受到心包腔內的積血壓擠，就像搓扁了的麵粉團，動彈不得，病人會立刻死去。

剖驗刀下，我觸碰柔滑猶暖的器官，感覺很不真實。溫度令人不安，一再提醒我，生死真的只差一線；當下這條線，還顯得極幼細、模糊，在似有還無之間。我幾乎越了界！

啊呀，這個早上，一下子搖動了我的專業「安舒區」。沒想過置身殮房，也可以離生命很近很近。從前病人以活生生的血肉之軀，啟導我思考、研究死亡的課題；現在我為什麼不可以在死亡彼岸，以嶄新的角度窺探生命？

縫合屍體的工作，多由仵工負責，我見仵工小心翼翼地把屍體的切口一針一線地縫合起來，用濕布抹去留在死者皮膚上的血漬，再替她穿上衣服，把雙手安放好——婆婆又回復了本來的容貌，平和、安詳。仵工手法嫻熟，專心認真的工作態度，叫人安心、信任。我腦海驀地浮現霍教授那句話——「做什麼，都要想一想死者在世的親屬。」這話竟像暮鼓晨鐘，敲醒了我。

通過解剖，運用醫學知識去探究死因，説到底，更值得關注的，該是活着的生命吧。

3

我剛踏進外科病房，一種緊張的氛圍，頓時從房頂壓下來。

我和細胞實驗室技術人員走近護士崗，「嚓——嚓——」的滾軸聲響，倏地從病牀那邊傳來。離護士崗不遠的病牀，隨着急速的嘩啦嘩啦，一幕落地的白色布簾給迅速地拉攏，團團地把病牀圍起來。

布簾是不透明的屏幕，用意是把病牀上的人，徹底與現實世界隔絕。

我隱約聽見「嘟——嘟——」微弱的心電機聲音，時有時無，顯得奄奄一息。

這時一位年輕的男醫生從外面急步趕來，對着兩個站在簾外一臉愕然無措的病人家屬，吩咐說：「為病人檢查，請家人離開。」語氣頗為嚴厲。

男醫生頭也不回，就撥開布簾，深入隔絕的空間。

一名護士從護士崗匆匆跟上醫生的尾巴，輕聲報告：「BP、Pulse unrecordable（血壓、心跳無法測度），NAR Case（Not for Active Resuscitation，即不作搶救個案）。」

危急病人死去，病房天天都有，醫護人員早已司空見慣。如果病人或家屬早表明不作搶救，當病人死亡，一般也不會為病房帶來太大的騷動；氣氛緊張卻不凌亂，連正在護士崗桌前整理病歷的實習醫生，也只是眉一揚就繼續埋頭工作，護士甚至沒把眼光掉開，便捧起排板走到附近的病牀放下、走開。原來觸動的神經，只產生一股脈衝而已。

我向護士崗的職員表明身分：「我是病理科陳醫生，安排了為 18 號牀病人作針刺細胞檢驗。」那是把針刺進觸摸得到的腫瘤，抽取細胞化驗，需時只幾分鐘。

站崗的病房男助理向前方指一下，18 號病牀正好在那垂危病人的旁邊。

18 號病牀的老翁張先生，本來正要走開，見醫生來檢查，便乖乖地坐回牀上。他頸部的淋巴腺腫脹。我在牀尾的鋼桌上準備針筒和儀器，窺見簾幕下，鄰牀的牀邊，一雙褐色皮鞋在輕聲走動，從牀頭走到牀尾，停在一對白色的護士鞋側。褐色皮鞋向白鞋清楚指示：「Certified」嗓門很小，聲音卻剛夠撩撥我的耳膜。

褐色皮鞋又走到牀頭，停下，布簾輕晃，上面一道曲線隨着身子弓下而抖動，略為侵佔了我和老翁的空間，令本已不多的地方，更形狹小。

醫生俯身，輕按手臂和頸部大動脈，沒有跳動，脈搏證實停頓。

我熟稔地把針頭對準老翁頸上的腫塊，刺進去。

從頸項取出一彎垂掛的兩頭蛇，掰開靠攏的小頭，讓它們壓向耳膜說話，蛇尾探向胸膛，「卜通卜通」有嗎？嗯，只有沉默。

針頭避過血管，直達腫瘤位置，我一來一回地抽動針筒，腫瘤細胞就一點一滴給抽取出來。

耳膜不再受壓，蛇繞回樹幹，安分地留守着下一趟的任務。從胸袋中，熟練地掏出站崗已久的探子，隨着微弱「啲」的一聲，從瞳孔窺視腦幹。探子來了，先往左邊一照，沒反應，掉頭離開，瞳孔大小沒有變化。轉往右眼，複製探察程序。腦幹確認任務完成，探子返回崗位。

我見針筒內的細胞，累積成如淺黃色的小芝麻，分量該足夠作診斷了。

傳來輕輕一聲——「Run ECG（Run Electrocardiogram，即列印心電圖報告）。」平板而直接，彷彿沒有轉圜餘地，預示了最後的步驟。

我右手把針筒抽出來，左手就熟稔地將早準備好的棉球按在老翁的傷口上，吩咐說：「好了。用力按住棉花球，以免出血。」走回牀尾。

褐色皮鞋站在牀尾，傳來紙張沙沙作響，「啲」的一聲，垂涎的舌尖，專業地在病歷上吐露病人最終的情況。

老翁的淋巴腺腫脹，是感染造成的嗎？針筒內的細胞，記得預留一部分，注進盛器，好培植細菌；再拿一些塗在抹片上染色；餘下的輸進酒精液體保存，作深入測試。動作要快，程序要對，步驟要準，診斷才會正確。

「哧——」心電儀吐出長舌，即被撕下。白鞋從牀頭走到牀尾，褐色皮鞋確定舌頭經直線的刀鋒狠狠剖開，把舌頭重重折疊，「啪」地牢牢鎖在文件夾中。看錶，記錄時間。

我把各個樣本收集放妥，走到牀頭，檢查給老翁下針的地方。很好，沒有血塊形成，安心吩咐：「張先生，再按五分鐘就行了。」

醫生和護士拿走病歷報告，撥開布簾探身出來，簾幕圍住的空間，從此陰暗死寂，和現實世界隔絕。

「嚓——」我把布簾拉開，張先生的病牀再次注滿了光。

我在護士崗櫃台上填寫微生物檢驗申請，發現海醫生也坐在裏面看病歷。

海醫生是老人康復科專家，頭髮銀白，架着一副黑色幼框眼鏡，身形有點瘦削。他目光親切，流露慈悲和智慧，有一種深沉的穩重，總給人謙謙學者的感覺。我只上過他一堂關於倫理和安樂死的課，印象最深的，倒是他在報章定期撰寫的醫療軼事。

不一會，病房傳來一陣擾攘，不遠處，十多人把年輕男醫生圍住，怒氣沖沖。

「沒可能的！我一下機便趕來，爹地一直在等我。」一名身穿 Polo 襯衫的男子焦躁不安，高聲說。

「很遺憾，但我們的確在一分鐘前，已證實病人死亡。」年輕的男醫生語調堅定。

「爹地不會在細佬來之前離開的！他很愛錫細佬。」身旁的女子黑着臉，難以接受醫生的斷語。

「剛才我檢查過，確定病人已經死了。」醫生重申，且有點不知所措。

「放屁，這是什麼判斷？爹地沒有死！你們來看，」那男子按捺不住，「嚓——」地把牀尾的布簾拉開，來到牀沿，輕推牀上親人的大腿，大腿來回晃動一下。男子理直氣壯，大叫：「呀！看，腿還在動，人還沒有死！你竟說他死了，豈有此理！」

家人萬水千山趕來見至親最後一面，待趕到，卻被告知親人已經去世，叫人無奈，更令家人無法接受。這位醫生顯然是頭一回遇到這種衝突場面，一臉無辜。

「呀，媽，你看，爹地有反應！他腳會動！」那漢子向身邊的一個白髮婦人喊——他的指尖掃過老翁的腳底，腳掌就抽搐了一下。

「醫生？」大家又把醫生圍堵，忿然嚷道：「你看到了吧？我爹地沒有死！你讀什麼書？病人沒死就判他死了！生人當死人，有冇搞錯?!」

年輕男醫生有點窘迫，顯得無助，這時在護士崗的海醫生站起來，走過去。

海醫生該很明白死者親屬的心情，兩年前在報章的一個專欄上，他曾分享父親逝世的經歷。

他父親因病重而住院八天，那天深夜，護士發現病人情況轉壞，打電話通知家人到醫院，見病人最後一面。

海醫生和一兩位家人最先趕抵醫院，只見父親安詳地躺在牀上，十分鐘前，父親脈搏呼吸停止，醫生已確認他逝亡了。

最後，年紀老邁的母親也來到。海醫生掙扎着該如何告訴家人，父親過去了，大家都來遲了……

當下海醫生走到年輕男醫生面前，跟他說了幾句，讓他站在一旁，逕自向死者家屬介紹自己，就把各人帶到牀邊，說：「伯伯情況如此，你們不如爭取時間，跟他道別吧，他也許還會聽到的。」

海醫生又讓老太太握住老翁的手，告訴她，還是暖的呢！就這樣，夫妻一同感受手裏暖暖的情意，老太太雙眉舒展開了，注視着牀上的丈夫，眼睛泡滿淚水。

一家人圍住老翁，撫他的腳，腳也是暖的；而當指頭觸碰腳掌時，老人的腳又再輕微抽動了一下。「你們有什麼告別的話，就在他耳邊説吧！」海醫生説罷，就退到布簾外，隨手把簾拉上。

簾幕內，傳來家人的道別，或哽咽，或大哭。

「爹地，你一路好走！」

「老嘢，仔女都到齊了，連你最掛心的蚊仔也趕及送你。他很生性，你安安樂樂地上路吧……」老太太聲音發顫。

「爺爺，我會想念你，你也要記住我呀！我會乖，努力讀書的。」

「爹地，我們會照顧老媽子，你不用擔心。」

一個接一個，在老翁耳邊向他告別。

兩年前的那個晚上，海醫生和家人，同樣在牀邊握着父親的手，輕聲跟他訣別。對家人來説，種種醫學的

「解釋」—— 腦幹死亡之後，腳板肌肉的抽搐，只是脊髓的反射作用；死者眼角的淚水是正常分泌；手腳因死前發燒，仍帶餘溫 —— 這一切分析，在病人離世那刻，不再重要。

海醫生相信，死者見過家人、互相道別，軀體才逐漸變涼，才願意撒手離開的。

外章

那年我剛獨當一面，在腦內科工作。

這幾天有點棘手的事，竟驚動了上級。

三分鐘前，腦內科顧問沈醫生給我傳呼，着我到他辦公室「討論事情」。一進門，就見聯絡主任莫姑娘也在場，我心中有數。

莫姑娘一臉尷尬，面容有點憔悴，相信因我而起的一宗醫療糾紛，叫她煩透了。

一個多月前，有一個老翁因中風入院，電腦掃描顯示他右腦有一個直徑五厘米大的血塊，令腦壓上升，擠壓腦幹。我聯絡腦外科醫生，給他動了緊急手術，取出血塊；但病人腦部出現嚴重水腫，腦幹受損，從手術室送回內科病房時，相信他的腦幹已經死亡。

不錯，生命表徵仍維持着——注射了強心藥物，老翁的心臟「卜通卜通」地搏動，機器在「呼——噓——呼——噓——」中把氧氣往他肺裏送；也有生理鹽水沿他的大靜脈灌下，令血壓充沛。這樣，在強勁的脈搏推送下，血液的含氧量超乎正常，肝腎功能保持完好。

如果你不讓我與病人面對面，單看這堆數據和心電圖，我還以為對方是個小夥子，而且健康良好。但我深知，這一切只是假象——只要把呼吸機器的輸送量稍減，病人的呼吸中樞，就跟他已死的腦幹功能一樣，無法運作。

醫學上定義的「死亡」，就是指腦幹死亡。

經過一個星期的觀察和反復診斷，我們確定老翁沒有復原機會，但家人無法接受他突然病逝，還心存僥倖，相信他會蘇醒過來，所以一直和我們一眾醫生討價還價。雖然病牀、資源有限，這狀況竟也「奇蹟地」維持了約三個星期，直到沈醫生下了「最後通牒」。我費盡唇舌，努力説服家人給他做「腦幹測試」，以證實病人已經死去。

儘管我的解説十分簡明，仍無法令各人明白生命表徵和腦幹死亡的關係。也許我真太煩人，家屬雖然老大不情願，終也應允了。

要證實一個「充滿生命氣息」的病人已經死去，所進行的腦幹測試必須嚴格準確，以證實他的腦幹功能盡喪。我、沈醫生和另一位高級醫生，三人分成兩組，在幾個不同時段反復為老翁進行有系統的腦幹反射測試。

首先，用光照射眼睛，雙眼瞳孔大小維持四毫米多，並無縮小。

接着，用棉線輕觸眼角膜，顯然沒出現反射性的眨眼。

我和沈醫生對望，心想下一步該是時候用令常人產生不適的方法，再去刺激腦幹，看老翁有沒有反應。我往他眼眶的神經用力按壓下去，一面留意他面部和四肢的反應。一般來説，對方會極感不適，或皺眉、面孔扭曲，或手腳掙扎，想要除去刺激。

「No response！」我把結果記下來。

我把老翁的枕頭墊高，讓他的頭頸微彎至三十度，又取來針筒，把二十毫升冰水分別注入左右耳膜，同時留意他的眼球活動。老翁的瞳孔直勾勾地往前望，眼球毫無正常轉動的迹象；我再把導管插入咽喉和氣管，他對這些刺激仍無動於衷。

「沒有嘔吐或咳嗽反應。」我們在病歷上寫下這個結論。

最後·我們把呼吸機關上片刻，再檢驗血液二氧化碳的含量和血液的酸鹼度，證實老翁在沒有呼吸機的幫助下，二氧化碳含量升高了，血液的酸鹼度下降——老翁並無呼吸能力。

在三天之內，我們為老翁先後作了兩次同樣的測試，確定他的腦幹已死。經過和死者家人商量，雙方同意摘除維持老翁生命表徵的藥物、點滴，和相關的設施，並議定隔兩天進行。

這五天以來，老翁的家人一直陪伴左右，搓揉着他的雙手雙腿，又在他耳邊絮絮細語。當我把強心劑和點滴移走，他們仍不捨地握住老翁的手，感受着他的脈搏逐漸微弱下去，彷彿目送一個身影，漸行漸遠，直到無法喚回。

*　*　*

我簽發了死亡證，死者也舁送殮房，工作告一段落。但三天之後，家人要求見我。

「陳醫生，你寫的死亡時間，是錯的吧？」老翁的兒子遞來我簽發的「死亡證明書」。

死亡證上，是五天前我和高級醫生作過第二次腦幹測試的時間，沒錯。

「沒可能。老竇的心臟明明是三天前才停頓的。」

是家人誤解了。我早説明老翁經證實已死去，院方才中止維持生命的儀器和藥物，心臟遂告停頓。心臟停頓那刻，並不視為真正的死亡時間，我得再解釋一遍：「對不起，醫學上界定腦幹死亡那刻，為死亡時間；上星期我們為你父親分別作了兩次腦幹測試，證實他腦幹不再起作用。在香港，我們界定死亡時間，是第二次測試的時間，因此是五天前，沒錯。有一些歐美國家，甚至把第一次的測試時間，界定為死亡時間。香港的時間推晚了。」

對方受過教育不多，這番話恐怕不易理解。他的眉頭緊蹙，眼神迷惑。

「你指，老竇在一個星期前……走了？怎麼會？早幾天我們一家人才齊齊整整陪着他，他不可能這樣走的！當時，他的手腳明明還會動。」

這只是脊髓反射，與腦幹無關。家人無法送終，我不知道該怎麼幫忙。世事可真無奈。

兒子望着「死亡證明書」發怔，一會兒輕聲說：「老媽子和家人知道老竇等不及我們就走了，一定會很失望。上星期我們做的事豈不白費？陳醫生，你可以幫幫老人家嗎？」兒子近乎哀求：「幫幫忙，把死亡時間改為前三天，就是拔喉的那一天，可以嗎？」

我瞪眼，萬料不到他竟提出這要求，一時反應不來。

兒子也明白事理，見我面有難色，說：「我知道醫生有自己的立場，這或許有點為難，但你就做做好心，為老人家設想。這沒什麼大不了吧？」

死亡證上的年月日，老實說，在我看來只是一堆數字罷了；不過這對老翁的家屬來說，卻意義重大。我不肯定可否如此更改，但那時初出茅廬的我，認為醫學知識的權威畢竟淩駕一切，便答道：「不好意思，我明白你們的處境，但這是醫學定義。更改死亡時間，我無法幫忙。」

*　*　*

兒子鬧到病人聯絡部，聯絡主任莫姑娘不得不找主管沈醫生調解。

沈醫生拿起死亡證，聽過莫姑娘的陳述，向我笑了笑。在他眼中，我像一頭初生之犢，對大千世界充滿好奇熱誠吧？他搖搖頭把證件往桌上一放，語調如常的平和，但不忘給我提點：「嘉薰，你加入這部門才兩個月吧，這種事不時發生。腦內科病人的死亡率高，如果以後死者家人每每纏住你要更改死亡時間，你說會怎麼樣？你總要學懂應付。」

病人的要求，醫生沒可能全都迎合。我點頭表示明白。

「況且，我們是腦內科醫生，有專業的判斷；而死亡時間，也有醫學的標準。隨意更改，還算什麼標準？一味順應市民要求，就會失去專業判斷。要是我，我會設法讓家屬接受事實，而不會更改當初的決定。」

沈醫生把死亡證還給我，笑一笑：「但你是病人的主治醫生，死亡證又是你簽發的，我只能提供個人意見。為病人，為專業，由得你吧。」說罷，他站起來，向我點頭，又走近來用手按拍我的肩膀，像給我信心，也表達他的支持。

我拿着死亡證，再看那堆數字，腦海浮現那家人在病牀邊關愛不捨的情境，心中彷彿有了決定。我跟沈醫生點頭道別，喔，該怎樣處理，總算有些頭緒了。

外面大雪紛飛，

母親不顧一切的尋找。

路途上的荊棘刺進她的肌肉，鮮血沾染身體。

為了打聽死神的去向，

她甘願獻上一切，以換取死神的消息。

她把明亮如珠子的眼睛奉給湖水，

又用美麗而烏黑的秀髮跟老太婆的交換，

弄至白髮蒼蒼……

歷盡滄桑，她終於到達死神的溫室，

遇到死神，與死神對峙。

待續……

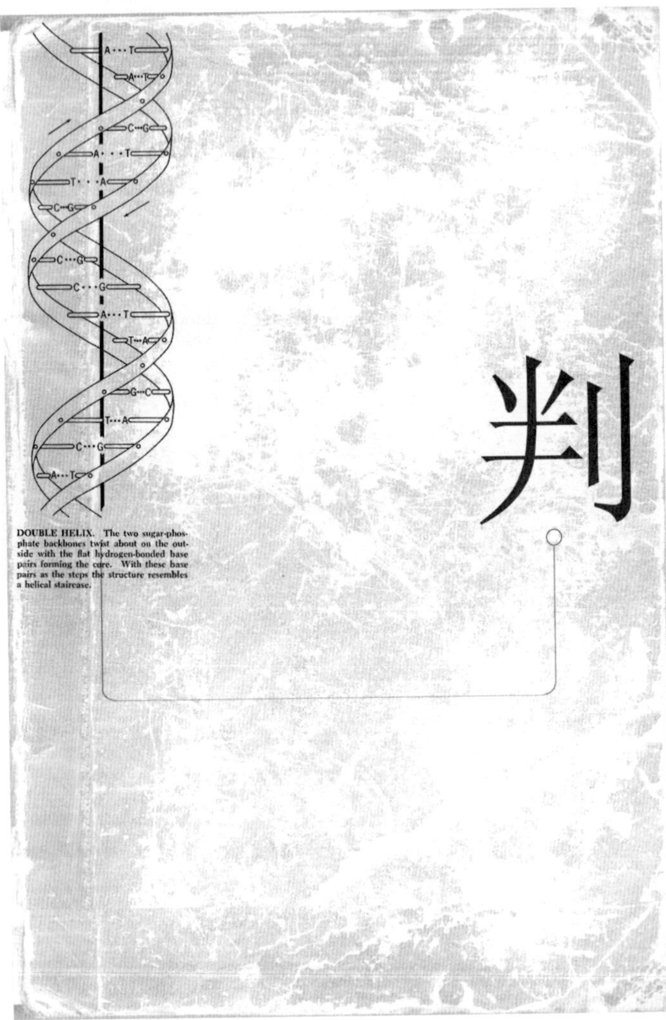

DOUBLE HELIX. The two sugar-phosphate backbones twist about on the outside with the flat hydrogen-bonded base pairs forming the core. With these base pairs as the steps the structure resembles a helical staircase.

生關死結

死者已矣，把過去種種一筆勾銷，選擇原諒，不再深究對錯，需要多大勇氣、量度，還有智慧。原來還有比診斷真相更重要，比審判更有價值的。

1

「陳醫生！」

我在醫院的走廊上給叫住，回頭看見耀叔站在餐廳門口。

耀叔穿上奶白色過寬的病服，不很稱身，上面還披着一件淺藍色棉質外套；褲管稍短，露出一對黑襪子。雙腳穿上拖鞋，腳脛顯然腫脹。再看，臉龐浮腫，下眼皮隆成眼袋；乾癟的皮膚呈褐色，失去正常的光潤；還有嘴唇蒼白，這是典型的貧血迹象 —— 有經驗的醫生一看，便知道對方患上腎衰竭。

他的頸項右側引出了一道管子，很顯眼，管口裹上重重的白紗布，滲透黃褐色的消毒藥水，大刺刺地宣布這病人病情不輕，正接受血液透析，好把體內積聚的毒素清除。

耀叔的精神尚好，沒有末期腎衰竭病人常有的倦怠萎靡，看來剛完成血液透析，「排了毒」。

身體新陳代謝，會產生一種化學物質，稱為「尿素」(urea)，經腎臟排出。腎衰竭的病人，無法自行清除尿素，體內就會因累積過多尿素而造成「尿毒症」(uremia)。因此病人每兩至三日都得通過血液透析，把血液內有毒的物質清洗掉，才可以生存下去。

「這管子……」我指着他的頸，有點稀奇。病人「取血清洗」，多從手臂抽血，而長期腎衰竭的耀叔向來不從頸部取血。

耀叔弓身站着，搓手搖頭說：「不中用，手的血管都塞了。」他側過目光，笑嘻嘻地問我：「最近好嗎？聽護士說你調往病理科，難怪這一年沒見你！會再出山嗎？」

「出山」，他指到病房看病，直接醫治病人。許多人都認為病理科是「隱形專科」，該科醫生仿如藏身深山的隱士，不問世事，要接觸病人便得「重出江湖」；卻不知道他們也經常和臨牀醫生合作，診治病人。我不急於糾正耀叔的誤解，只搖頭答道：「這科比較適合我，我愛平靜的生活，暫時不下山了。」

他像受了驚嚇，瞠目，右手不住來回往左手心刮，像磨刀霍霍的樣子，「天天對着死人，還稱得上好？你不怕麼？」

大眾多以為病理科醫生只專門解剖，不曉得他們還有更重要的職責——在顯微鏡下分析病情，供主診醫生等跟進。

我聳聳肩，輕描淡寫：「生老病死，人人都要經過，我在最後一站當個把關人，也不錯嘛！死人，我不怕。」話剛出口，才自覺失言，在末期病人面前，不該隨意把死亡掛在嘴邊。

這時，耀叔像想起什麼，說：「我日子不多了，陳醫生，相請不如偶遇，與其日後在殮房跟你再見，不如約你明天下午 tea ！」

「現在你精神不是很好嗎？不要悲觀。每天都是恩典！明天是什麼日子？」

「明天是我生日，想請朋友和幫過忙的醫生護士，下午三點在前面的餐廳開個小派對，當作多謝大家。我給大家添的麻煩可不少。」

「麻煩什麼？你精神好，大家替你高興，要緊的是樂觀養病。」我一邊說，一邊掏出記事本來。耀叔愛熱鬧，人緣好，到來探病的朋友可不少，都和他談笑風生。可是，他的身體一直壞下去，前路如何，已沒有把握，每個生日，更是彌足珍貴。

明天下午不用處理急務，我欣然應邀。

別過耀叔，腦海掠過許多過去與他相處的片段。不錯，他走出了抑鬱的深淵，我深感欣慰；但那根管子，又狠狠地提醒我：硬撐下去，路仍是艱困難走。

*　　*　　*

兩年前，我到內科工作。記得那回，耀叔在一個星期內第二度入院，作腎組織檢驗。他躺在牀上，雙手抱着後腦勺，故作輕鬆，但一看他的血壓 190/120，心跳每分鐘 110 次，就知道他憂心緊張得很。

耀叔因糖尿病併發腎衰竭，做腹膜透析已有三年。一年半前他到內地接受腎臟移植，之後回港跟進，情況不錯：面色紅潤了，精神轉好，行動自如。上次復診，還喜孜孜地告訴我近日又到過上海和北京，見證祖國繁榮的躍進。這十八個月，可說是他的「蜜月期」，他不再疲怠頭暈、胃口欠佳，也無須每天兩回把水灌進肚子清洗毒素，作腹膜透析。除了每天還得服用十多顆抗排斥藥外，以往腎衰竭的煎熬，已離他很遠。

連耀叔本人也明白，移植過來的腎臟，就像一個不聽話又情緒化的孩子，表現可不穩定，無法預測。上星期那趟例行抽血檢驗，就顯示這小孩脫了韁，撒刁，叫醫生擔心。

最常見的原因自然是排斥，但沒有病理診斷，便無法對症下藥。上次因他血壓太高，為安全計，取消了手術，排期在這天再作檢驗。

這星期以來，我們一直小心觀察他的腎功能，發現不但紊亂失調，還壞下去，抽取腎組織樣本化驗就更為迫切。

「耀叔，血壓不理想呢。」我對着牀上的耀叔說：「我開兩顆藥丸替你減壓，血壓穩定才可以做組織檢驗，以確定病因。」病房的電視正好播放日本卡通，我想緩和他的緊張情緒，就請他過去看，同時把電視音量調高。

「看多啦A夢的百寶袋，能不能幫你放鬆心情？」我說。

「叮噹就叮噹啦，叫什麼『多啦A夢』！」

「耀叔，叫他『叮噹』表示你年紀大，身分尊貴；叫『多啦A夢』，就代表你屬年輕一族。要尊貴還是年輕，隨你。我喚他『多啦A夢』！」

耀叔笑出聲音。兩個小時之後，我抽取了他的腎組織，準備拿去病理部化驗。

「陳醫生，你會親力親為嗎？」耀叔按住傷口，瞄了標本瓶子一眼，問我。

「不，」我解釋說：「分析細胞學問高深，我不懂，會請病理部的郭教授幫忙。」我湊近他，刻意壓低嗓子說：「他是腎臟專家，我們都叫他『福爾摩斯』。」

「福爾摩斯？」

我點頭，「腎臟有什麼奇難雜症，只要拿一小片組織給郭教授研究，就會理出頭緒來。他個子瘦削，天冷愛戴上毛帽子、穿寬身大衣，兩手常插進外衣口袋，不苟言笑——背地裏，我們都叫他『腎科福爾摩斯』。」

「福爾摩斯。」耀叔咕噥。

「嗯？」

「叫什麼『福爾摩斯』，真老餅！叫『腎科金田一』，就年輕多了！」我倆都笑了出來……

翌日，我們一眾內科醫生到病理部開會，和「福爾摩斯」一同在顯微鏡下，分析耀叔的腎組織。

接目鏡下的腎組織，充斥着淋巴細胞，是典型的排斥現象。正當腎科醫生討論如何加強病人抗排斥藥的劑量時，郭教授的眼睛卻牢盯顯微鏡，小心地尋找……

關鍵人物都齊集大廳，見福爾摩斯埋首放大鏡，全神左右包抄，搜索蛛絲馬跡。

接目鏡下，郭教授把每個細胞細心分析，最後來到不顯眼的一顆，停下來，一再端詳。

福爾摩斯對着眾人，來回踱步，打量，向一名男子趨前，煞步。

郭教授着眾人留意這細胞，解釋說：「排斥現象嘛……出現這麼多的漿細胞，並不常見，必須先排除腎臟受感染的可能性。」

福爾摩斯說，兇手以為混在人羣中，神不知鬼不覺，卻露出了破綻。

「看這些異常細胞，細胞核增大，染色質如磨砂玻璃狀，有的更呈污點狀。它們都是『多瘤病毒』(BK virus)。腎臟沒出現排斥，是病毒感染所致。」郭教授斬釘截鐵地說。

福爾摩斯用手指指着男子，下判決：「兇手企圖瞞天過海，但失敗了。證據確鑿，是你，你是兇手，你殺了人！」

這判決叫一眾腎科醫生訝異，繼而熱烈地討論該如何醫治。

大廳裏的人，一陣嘩然，議論紛紛，怎麼會是他？想不到啊！福爾摩斯果然厲害！

多瘤病毒常於健康的人體內找到，尤其潛伏在泌尿系統和腎臟中，屬隱性感染，一般不會釀成損害，也無明顯症狀。但要是免疫力受到抑制 —— 如病人移植腎臟之後，得服用抗排斥藥物，免疫力會因而下降 —— 那時，潛伏的多瘤病毒便有可能給激活起來，病人會患上因病毒所致的腎病，發病率高達百分之十；其中約一半的人，會因移植的腎臟受到感染，失去功能，是可怕的噩夢。

目前，多瘤病毒沒有特效藥可針對治療，只能把抗排斥藥物的劑量調低，來增強病人的免疫力，以清除病毒。不過，醫生往往也處於兩難局面。

減低藥物用量？不錯，有機會清除病毒，卻可能引起腎臟排斥；排斥作用會破壞腎組織，造成腎衰竭，病人得重新洗血。

不減藥嗎？免疫力受抑，病毒會肆無忌憚，趁機繁殖。除了腎臟受損，病人更有可能因病毒致死。

兩面不討好，腎科的高級醫生平衡利害之後，定下這個醫治方案——降低排斥藥劑量，棄腎保命！各人心中有數，排斥藥一減，耀叔身上移植過來的腎，隨時因排斥反應而遭破壞。

我把結果告訴耀叔，他不想少服排斥藥，苦苦哀求多觀察幾天，再下決定。但不久以後，他便發燒，血液檢驗顯示病毒量正增加。耀叔身體日差，就無可奈何地接受了減藥的方案。

一如所料，耀叔的移植腎臟最終保不住。之後我在病房再見了他幾次，除了有尿毒症，或經輸血等引發的症狀，腹膜透析也叫他併發腹膜炎。雖然每次他都硬挺過來，但這場「浩劫」，令他身體大不如前，很難再接受另一次的移植，人就沉鬱不少。

耀叔總算活下來。與耀叔同行，令我更深切了解病理科醫生的重要。有精確的病理診斷，臨牀醫生才可以對症下藥，把病人救活過來。

腎臟移植後，要診斷它的排斥反應，病理診斷最管用，有「黃金標準」的稱譽。對當時還在實習的我，這個經驗化成了強烈的感召力，甚至對病理科醫生有點崇拜起來。

郭教授堅決果斷的一句——「沒出現排斥，是病毒感染所致！」——那神情，那判語，我覺得很酷，像極了福爾摩斯——「是你，你是兇手，你殺了人！」都是雷霆萬鈞、最終的審判。

我終於選定了病理科，對病理診斷充滿憧憬。

* * *

和耀叔歡度生日的四個月後，有一趟我和腎科醫生開會，討論另一宗腎臟移植，病人情況和耀叔相似，於是提起他來。同事告訴我，自從耀叔歡天喜地與好友慶祝過生日以後，就怎也不肯再接受任何治療；三星期過後，他因腎衰竭病逝——那個生日會，成了告別聚會。

我竟曾這麼單純天真，以為只要診斷精確，理出病情，就幫得了誰，救得了誰，於是埋頭苦幹，鑽研真相；哪料一抬頭，卻發現在醫學診斷和「拯救病人」之間，竟有如此大的落差。

病理診斷還是診治病人的黃金標準嗎？我躊躇了。

2

在病理科工作幾年後，我逐漸掌握了診斷病源的技巧：如何從細胞的形態分辨善惡？掌握到什麼端倪，就該懷疑害什麼病，接着要做哪種測試檢驗？還有，如何利用一日千里的醫學科技來幫助診斷，協助治療？病理診斷是醫療之本，不少臨牀無法測透的病情，通過顯微鏡，就無所遁形，在解剖刀下，也一一呈現。

我從學習中得到滿足，也建立了自信。

這天，接見室走進來一名便衣警察，他背後跟着兩個中年婦人。那束起髮髻、身穿黑衣、打扮端莊的，是死者的妻子，另一人是她的妹妹。

我審閱過病歷，看了死者在急症室照的肺 X 光片一遍，向她倆解釋道：「你們也清楚事情經過吧，潘先生入院時病情已告危急，肺炎情況嚴重，在急症室搶救，不足三小時後去世。由於他屬拘留所犯人，臨牀醫生必須把他轉介死因裁判法庭跟進，我會為他剖驗。你們有沒有問題？」

囚犯在拘留期間突然死亡，都要呈報死因裁判法庭，一般都須要解剖檢驗。潘先生携毒入境，在羅湖海關遭拘捕，這已是第二趟了。

妻子搖頭，表示對剖驗沒有意見。

這個案已呈報裁判庭。我目光挪往警察，依慣例問：「師兄，有補充嗎？」我想知道警方經過調查，可有把它列作可疑個案處理。這些資料有助我確定解剖的方法。

便衣警察搖頭，暗示這大概是一宗自然死亡個案，正確死因，還待我解剖。彼此心照。

再翻查急症室記錄項目：潘先生身高 175 厘米，體重 45 千克，顯然身體瘦弱。

潘先生正值壯年，是貨車司機，經常往返內地，因急性病入院，在急症室已出現「彌散性血管內凝血」(disseminated intravascular coagulopathy)。這是由於凝血機制失衡，造成體內同時有凝血和出血現象，令紅血球、白血球和血小板數目降低，凝血測試結果顯示：紊亂失調。成因的可能性很多，細菌感染造成敗血症是其中一個，這和死者的嚴重肺炎吻合。

但我有狐疑、隱憂，想在解剖前弄清楚。

我問死者的妻子：「潘先生可是長期病患者，譬如有糖尿病，或須長期服用激素之類？」糖尿病人或長期服用激素，抵抗力都較弱，容易受感染，病情更可能一發不可收拾。

她搖頭不語。我無法肯定她表示否定，還是不知道。

至於死者白血球過少，我開門見山問：「你可知道丈夫是不是HIV帶菌者？」近年，年齡羣在十五至四十四歲間的青年、成年人，死於愛滋病者人數急升。在2007年，單是亞洲，估計就有五百萬人感染了HIV，其中三十萬人更因愛滋病致命，而且死亡數字仍在上升；相信到了2020年，會再多增八百萬宗新症，每年死亡人數更可多達五十萬，不容輕忽。

我作解剖前，必須提防。

那妹妹怔了怔，意會什麼，又不肯定似的，瞥姊姊一眼，對方仍然輕垂着頭，抿嘴，沒有望她。須臾，姊姊稍抬頭，直愣愣的眼神閃過一瞬即逝的猶豫，旋即堅定地搖頭說：「我不知道。」

我相信 HIV 是研究死因的一個重要方向。「明天我會為死者全身剖驗。由於情況特殊，我也會檢驗 HIV，以確定死因。」尋找死因是我的職責，但探究愛滋病因，畢竟與死者私隱有關，而且檢驗結果極為敏感。臨牀醫生凡作這個測試，也必須先徵得病人同意。

無疑死人不受私隱條例保障，但站在道德立場，我必須向死者親屬事先聲明；況且死亡報告有機會要交代 HIV 的化驗結果，家人或親屬一旦申領報告，死者的病情便會曝光。他們有了心理準備，日後就不致因誤解而引來不必要的爭拗。

作妻子的，把目光別過我，低頭沉思，她的冷靜，叫妹妹不耐煩。妹妹不安地睥睨着她，語氣堅決地說：「醫生，儘管驗吧，把這衰人的壞事統統都抖出來。我們不介意——」

她還有話要說，手臂卻被姊姊輕輕按住。這一觸碰馬上令她住口。姊姊開腔問我：「陳醫生，可以不檢驗嗎？」

我愕然地望着她，料不到有此一問。妹妹睥視，連聲歎息，最後還是捺不住一肚子惱火：「姊，你還要幫這衰人？他都不要這個家了，整天北上花天酒地，如果不是給警察抓住，看他還要瞞你多久？」

「妹，算了吧，別說了。」姊姊語氣仍溫和。

「他死了，對大家都好。這衰人在內地拈花惹草，纏上這麼多女人，抵死有餘！」

死者也許有不可告人的隱私，家庭糾葛也不好在殮房解決，不過我得把事情說清楚。「潘太太，死因裁判官賦予病理科醫生權力進行死因剖驗，任何和潘先生死亡有關的化驗，都要研究。就是說，找出真相，我們責無旁貸。就這個案，檢驗 HIV 是必須的。」言外之意，家人無法推脱。

作妻子的聽懂了，點頭回答：「陳醫生，你作檢驗，我不反對；但可以不把結果公開嗎？除了醫生和法官外，其他人沒必要知道。」

「姊，為什麼你還這樣維護他 ?! 」妹妹意氣難平。

「唉，算了，何苦呢？我真的不想知道。」姊姊回答，話卻像跟我説。

聽着二人對話，我有點出神，突然生起一種超然、抽離的感覺。

嗯，怎麼剛才我像一個審判官！噢，尋找真相，判斷是非，多麼理所當然！而那妹妹手握石頭，正要扔向姊夫，只等我把真相掀開，石頭就會不留情面地猛擲過去。

未亡人呢？只是一句：「算了，何苦呢？」死者已矣，把過去種種一筆勾銷，選擇原諒，不再深究對錯，需要多大勇氣、量度，還有智慧。原來還有比診斷真相更重要，比審判更有價值的。

那妻子低頭釋然的樣子，竟讓我想起《聖經》中的一件記事。

當日一羣人帶着一個行淫時被捉的婦人來見耶穌，說要按以色列人的律法，用石頭打死她。其實，他們想試探耶穌，要得着控告祂的把柄。耶穌卻彎着腰，用指頭在地上畫字。眾人不住地追問，耶穌才直起腰來，巧妙地解圍說：「你們中間誰沒有罪，誰就可以先拿石頭打她。」結果眾人都走開了，耶穌才對那婦人說：「我也不定你的罪。去吧，從此不要再犯罪了！」

專業賦予我的權力，是神聖不可侵犯嗎？我可有一種優越感，下意識要充當審判官？

那妻子望我一眼，又問：「陳醫生，無論 HIV 的結果如何，也不會影響我的健康，我和丈夫分開很久了。如果這樣的話，你會為死者保守祕密嗎？」

*　　*　　*

你會為死者保守祕密嗎？——

我想起當初加入病理科不久，有一位前輩給我講述他的職場往事。那是幾年前的事，是一宗自殺案。死者是一個女人，沒有家人，男友剛向她求婚，她也應允下嫁。二人正籌備婚禮。沒想到女人猝然自盡，沒留下一句話，男友顯得很傷心，百思不得其解，只表示近來女友鬱鬱不歡，「想是婚禮的細節，叫她壓力太大了吧？」他只能臆測。

前輩細述下去：「我為死者解剖，一邊下刀一邊想：她自殺，可能另有原因。」

他完成了剖驗，發現女死者竟是男兒身，生前接受了變性手術。「按本地《婚姻條例》，婚姻的定義為『一男一女自願終身結合』，而『男』與『女』是指出生時的性別，並不包括變性人。那『女人』根本無法註冊結婚。」

男友求婚的一刻，她感受如何？心中的糾結、掙扎，想必叫她抑鬱不安，但如何細訴？她一直把身分的祕密藏得很好，男友愛上了「她」；但後來這個「她」，也成了二人關係的致命傷。

她自殺，是接受不了自己，無法想像、面對向心上人坦白之後的一切？

「解剖報告會送到她男友手上，要是你，你會為死者保守祕密嗎？」前輩向我挑戰。

我怔了怔，報告，我從來只管記錄醫學診斷，哪會想到這個？

前輩作了什麼決定？當時他要處理急call，我來不及請教；不久他也退休了。不知怎的，我對這個謎不太好奇，也沒有探知的衝動，卻牢牢記住他的話：「你會為死者保守祕密嗎？」

好問題，有時比答案更重要吧。

3

外面的天氣有點冷，我來到大廈的E座單位，正想按門鈴，卻稍停了一下。

一陣陣的歡笑聲，自屋內傳來，顯得遙遠、抽離，再細看門牌一遍，沒錯，13樓E室。

心裏多種感覺交織，要調適一下心情。頭一回見詠詩，該抱什麼態度呢？同情、憐惜？還是冷靜、中立？她歡歡喜喜地邀請我上她家，不該以笑臉回應嗎？但就是我判她死刑，這笑容不顯得牽強尷尬嗎？

剛才雯在電話裏熱切地說：「嘉薰，你下班了？詠詩知道你為她診斷，很想見你呢！」詠詩是雯以前的學生，我跟她素未謀面。晚上這個師生聚會，壓根兒該和我不相干，但奇妙地上帝把我帶來了。

開門的是一個男人，約三十歲吧，高瘦削，架着黑框眼鏡，有一股書卷氣，該是詠詩的丈夫Mark。

雯先到了，和屋內的人圍坐在客廳的沙發上，似乎笑談得正酣。廳裏的地毯、胡桃木家具和燈火，透着淡淡昏黃，氣氛恬適，一進門就把寒氣驅散，叫人暖和舒心。

我原以為這聚會不免帶一點傷感的氣氛，但現在見各人的興致很好。詠詩迎上來打招呼，她頭繫紅彩絲巾，看得出頭髮稀疏，身穿抓毛外套，有點臃腫；纖弱的手留下了化療針藥造成啡褐色的條紋。

詠詩愛笑，精神很好，目光和Mark一樣，炯炯有神。倒是她白皙的皮膚，教我辨不出是天生，還是疾病使然？

家中三歲的女孩，剛才一見到我這陌生人，就竄躲到父親的大腿後面，這刻又逃到詠詩身後，不時探頭打量我。我逗她一下，她有點害怕，緊靠着母親，留在那安全的避風港。看着詠詩和女兒相擁作樂，我竟感情用事，想起什麼來。這個家原本⋯⋯

「嘉薰醫生，不好意思，下了班還要你趕來！」詠詩讓Mark抱住女兒，趨前，指一下自己的腦袋說：「我一直想知道哪個醫生為我的腫瘤診斷——不容易下的決定吧？」

我回報一笑，「對，很不容易。」語氣肯定，笑容卻有點生硬。

像法官判決死刑般，我的診斷挺殘酷，尤其病人只二十多歲，又有身孕。但我對自己作的判斷百般自信。

「謝謝你。」她轉頭向雯喊過去：「雯老師，謝謝你。我終於見到這幕後恩人了。他還是你男友呢！上帝的安排好奇妙，祂待我真好。」眼裏滿有喜樂。

恩人？我這個為她帶來噩耗的醫生？如此光景，詠詩如何能樂起來？

*　　*　　*

半年前的一個上午，產科醫生「大頭」打電話給我，追問一名病人的病理報告。病人兩天前剛動過腦瘤切除手術，我是負責檢驗的病理科醫生。

我告訴大頭，腫瘤我研究過了，叫「神經膠質肉瘤」(gliosarcoma)。

「肉瘤？惡性？」大頭半信半疑，問：「你檢驗清楚了嗎？她還那麼年輕。電腦掃描認定為良性。」

難以置信。

「我反復測試過，沒有半點疑問。」我在腦海裏推敲思量着細胞的「惡形惡相」，和一項項檢驗得到的結果，還是認為滴水不漏，對診斷滿有信心。

「這腫瘤罕見，它的惡性強嗎？」大頭又問。

產科醫生一般對腦瘤的類別和性質，都不大精通。

「神經膠質肉瘤極為罕見，也非常惡毒。腦瘤按惡性分級，由一至四級，四級為劇毒；而神經膠質肉瘤是第四級中最可怕的腫瘤，幾乎所有病人都會在一年內死亡。」不是危言聳聽，我必須把這腦瘤的「脾性」闡述清楚，幫助臨牀醫生定下治療方案。

大頭倒抽一口氣，連連歎息，説病人在懷孕期間突然失憶，甚至連丈夫也認不出來，檢查後發現腦部生瘤，胎兒不足二十週。

「我想，如果腦瘤高度險惡，生長速度會很快，為免延誤病情，病人要及早接受電療化療……」大頭頓一頓，像要在兩難之間，作出決定。「唉，既然電療化療都會影響胎兒，為了保住母親的性命，我得儘快安排人工流產。」

我心一怔，才知道除了病人外，這個診斷還牽連另一個生命。

*　　　*　　　*

上星期雯跟我説起她以前的一個女學生患了腦癌，因為要接受治療，不得不進行人工流產。我馬上把這兩個事件聯繫在一起。

「説來真巧合，」雯向詠詩補述：「這農曆年肥輝回港度假，約我敘舊，轉告你的近況，我才有機會見你。」

詠詩笑着解釋：「肥輝是我同班同學，在美國深造，一向互有聯絡。而我和雯老師，自畢業別後，就沒再見面。」

大家你一言我一語，各自述説個人生活的最新版本，像拼圖一樣，片片碎塊相扣，填補彼此經歷的空白，湊成了整幅圖畫。

「真想不到詠詩這病，把大家重新繫在一起。」Mark有他的見解：「上帝在天上觀看整盤棋局，見大家終於聚首相認，不禁會心微笑。我們都是一枚棋子，看不清去向，祂卻精心安排，人人都有角色。」

「Mark，我覺得上帝很愛我，」詠詩凝望着丈夫，「為我安排了好醫生。人受眼目所限，很難看清楚全局呢！」

Mark伸手摟過她的肩，聽到「看清楚」三字，眉宇間閃過一絲傷感。切除了腫瘤和相關的腦組織，詠詩已失去一半視力，眼球右方視野漆黑一片，半邊模糊。

「但上帝留下我的記憶啊！至少現在我還認得

Mark、女兒和許多家人朋友，知道他們伴着我，我很安心。我曾失去這一切啊！」詠詩語調從容，沒有半點怨氣。

「別怕，就是你再次記不起我來，我仍會在你身邊，等你的記憶回來。」Mark 款款地凝視妻子。

近日詠詩作了一個磁力共振檢查，發現腦裏多了一個一厘米大的陰影，但她處之泰然，她的家也沒有陰霾重壓。她知道誰在掌管。

臨行道別，她對我說，如果只看存活率，看腫瘤的惡性，看陰影症狀治療的副作用後遺症，就會叫人畏懼擔憂；但只要仰望上帝，心裏就有主賜的平安，有盼望，有信心日後的日子如何，力量就如何。

我無法測透為什麼苦難會臨到詠詩一家。苦難原是深奧難解，也屬必然，無人倖免；但上帝有憐憫、恩典，祂應許陪我們一步步跨過去。

跟詠詩和 Mark 揮手說再見，小女孩躲在母親腿後羞怯地一瞥、一笑，我的心給觸動了，有點不捨。

那一刻，心裏某種堅定的信念竟動搖了。

我一向為自己的專業修為自傲，自恃判斷檢驗精密，也深信正確無誤的診斷才是最終目標；甚至為捍衛自己的診斷，不惜跟人爭辯得面紅耳赤，也為自己的判斷具說服力，而沾沾自喜，卻漠視了診斷或會帶來創傷……

現在，我倒願當初誤診了。相對於生命，訴諸專業權威的堅持，又算什麼呢？

溫室裏種植了不同的花草樹木，奇形怪狀，

每株都刻有名字，代表一個人的生命。

有些植物還好，有的卻半枯萎了；

當中一株，

正代表她的孩子。

母親看見孩子的未來，

有愉快幸福，也有憂愁貧困痛苦，

她不忍看到孩子活得辛酸，

才知道死神的任務，是執行上帝的命令，

把花和樹移植到天國的樂園去。

待續……

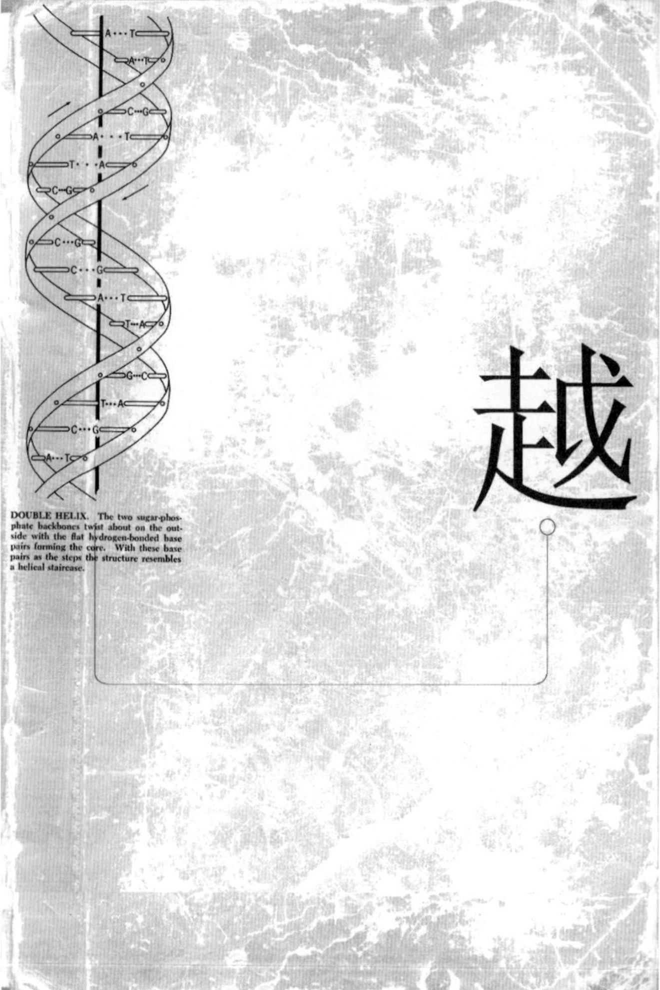

DOUBLE HELIX. The two sugar-phosphate backbones twist about on the outside with the flat hydrogen-bonded base pairs forming the core. With these base pairs as the steps the structure resembles a helical staircase.

生死之間

這刻，我才明白，生命的美好是什麼一回事。讓自己的死亡，成為他人的祝福，把愛和生命延續，就征服了死亡。

1

「對，對。」何Sir把手提電話夾在右耳和肩膀間，一手握住文件夾，一手提着外賣的飯盒，逕自踏進殮房辦公室。

我正在撰寫報告，何Sir不請自來，看來有公事。

何Sir在我面前坐下，吩咐電話那端：「價位多少？好，放了它……對，趕快……放了？很好，謝謝！」

「搞掂！」他如釋重負，搓手幾下，神情滿足快活，「『日日做到冇停手，總有食飯嘅時候。』本地飯堂，數龍頭醫院的飯最好吃！」盒蓋一打開，一室鹹魚雞粒炒飯的香氣。

趁午飯的空檔，何Sir遊走股票市場，又有「斬獲」。

「股市升升跌跌，危機處處，真那麼好玩？要量力而為，別沉迷啊。」我停筆抬頭，瞄他一眼。

何 Sir 不管炒飯還在口裏，搶白說：「股票轉一轉，好過找神算。嘉薰醫生，朝九晚九，做不停手，氣也沒好好透一口 —— 不博他一鋪，怎發達？」

當下許多大學生曠課炒股，無心向學；有些僱員更放棄高薪厚職，「[illegible]身」股票買賣。「投機活動，有什麼意思？人生該有許多東西，比這個更有意義吧？」對於近日炒風熾熱，我不敢苟同。

何 Sir 瞪圓了眼睛，放下匙，扯大嗓門：「錢就是人生意義！上個月我入股『快健電動』，看，來到今天，已升了二十巴仙，好過做皇帝！」何 Sir 眉飛色舞。

我無意跟他糾纏下去，岔開問：「有什麼公事勞駕何 Sir 午飯出巡？」

何 Sir 一面咀嚼，一面埋頭閱讀財經版，老半天才回過神來，咕噥兩句：「我來監督手足。有人報案，禁制他人領取遺體。」

「嗯？」

「今早你看過新聞了吧？富豪張良仁昨晚急性心肌梗塞，在龍頭醫院去世！」何 Sir 打開報章頭版，一整篇都在報道這則新聞，並附有特寫，宣稱他創立的「皇霸電玩」王國告終。

「張良仁？真可惜，他白手興家，年紀不大，是不錯的商人吧？」他熱心公益，兩年前更成立了「慈愛基金」，幫助弱勢社羣，龍頭醫院的日間護理中心，也是他解囊建成。

何 Sir 聳聳肩，不置可否，滿口炒飯，含糊地說：「送他入院的是二奶，她有張良仁的身分證。」

「二奶？他不是有妻有女嗎？好好先生一名啊！」我愕然。一轉念，又摸不着頭腦，問：「怎麼這又和你有關？」

「據説二奶不想張良仁的遺體停在醫院殮房，要把他直接舁送殯儀館，方便辦理後事。昨晚聯絡上警方，安排許可證搬運屍體。」

公立醫院的殮房，一視同仁，藏屍格一式一樣，不設豪華級別。好些名人富翁在公立醫院去世，親屬基於種種原因，不希望死者停屍醫院殮房，這要求並不罕見。只要親人交上死者身分證，向警方申請「搬移及埋葬屍體許可證」，再安排殯儀館運送就行了。

「這個無須驚動你吧？」我仍大惑不解。

何 Sir 一輪狼吞虎嚥後，啜一口檸檬茶，施施然道：「問題是，警方發出了許可證，那邊廂的大婆聞訊，馬上報失張良仁的身分證，再向律師申請禁制令，禁止二奶領取丈夫遺體，也禁制她在屍體附近出現。登登登登！一台大婆二奶爭奪遺體的好戲，就此上演。」

爭奪遺體，大多離不開遺產之爭。

何 Sir 收拾好飯盒，轉身望着我，眼睛發亮，「嘉薰醫生，好戲在後頭。那二奶不好惹，反倒控告大婆報假案，身分證根本沒有遺失，徒浪費警力。警方就介入事件。」

「事情變得複雜，只好法庭見了。喔，齊人之福不好享。」我歎喟，又想起《聖經》的話：「人種的是什麼，收的也是什麼。」

飯後，何 Sir 又一頭栽進報紙裏，直到手提電話傳來短訊，才把目光掉開。「嘩，走得快好世界！」他瞄了短訊一眼，「幸虧上月我放了『皇霸電玩』，今早一開市它的股價大瀉，半天蒸發了三億！嘖嘖，張良仁的命，真值錢！」

這時傳來叩門聲，殮房主任探頭進來，問：「嘉薰醫生、何 Sir，可以請你們做見證人嗎？」

一行三人走進「遺體瞻仰室」，牀上躺着張良仁的軀體——由於正室禁制二奶挪移屍體，而個案又正進行法律訴訟，遺體最後還得轉往醫院的殮房安置，與普通市民無異。

張良仁瞑目仰臥，像熟睡了。生前他可會料到自己一咽氣，坐擁的電玩王國就此瓦解，兩房對簿公堂，甚至連自己的軀殼也不曉得何時才可以入土為安？

再細看遺體僵直的雙手，右手手指頭夾了幾張一千元「金牛」。

遺骸旁邊站着一個二十來歲的女子，衣着整齊大方，長相有點面熟，在報紙上看過，是張良仁的小女兒。

「這位是張良仁的女兒，」殮房主任給我和何 Sir 介紹：「她堅持把紙幣留在死者身上。」

說完，又轉身對女子說：「小姐，我們建議你別把金錢留下，處理和運送遺體，負責的人手不同，無法擔保財物安全，請你明白。」

一般來說，病人身歿，病房當值護士和殮房職員會把死者留下的財物統統交還親人，甚至手鐲、耳環、戒指等也會脫下，「身無一物」地送進藏屍格。留在死者身上的物品，一一都要經殮房負責人、死者親屬和見證人核實，簽名存檔。

「事先聲明，錢遺失了，殮房是不會負責的。」殮房主任一再提醒。

那女子猶豫了一下，說：「但媽媽吩咐我，給他一點錢去見閻羅王。」她沒有稱死者為爸爸。

「你必須同意，在運送遺體過程中若有任何遺失，殮房恕不負責。」雖然官腔十足，我也定要重申。

對方惱了，急嚷：「真煩！人死了還這個那個！」她拿走了金牛，從手袋掏出一張二十元紙幣，一面塞進張良仁的手中，一面咕噥：「別怪我，不關我事。拿給閻羅王去，不要丟了。」說罷就頭也不回地跑了。

「嗳，億萬身家也帶不走，卻留下一個爛攤子……」何 Sir 唏嘘不已。

2

與何 Sir 分開，我回到辦公室。

我懷念起阿龍來。

生前死後，阿龍和張良仁，都「貧富懸殊」。

阿龍是個小男孩，十一歲，在長洲居住，也在島上一所小學讀五年級。他住的鐵皮屋在半山上，每天上學要走半個小時的路。

當年我在兒科部門實習，阿龍原不是我的病人，只是那個晚上代好友值班，就替阿龍驗了血。

那晚他躺在病牀上打點滴；我翻閱病歷，知道阿龍自五歲起，就患上很棘手的哮喘病，且不時發作，有幾次病情嚴重，出現持續的哮喘（status asthmaticus），呼吸困難，面呈紫紺色，要用直升機送往龍頭醫院急救。

這趟也不例外。不過，當時他病情已受控，精神很好，過兩天便可以出院。

我站在他的牀沿，跟他談話，問他想不想回到學校上課。他放下手中的故事書，點頭，有點沉默害羞。他個子瘦弱，雙目晶瑩，眼裏卻有一種看不透的沉鬱。

「你住長洲，到龍頭醫院看病、復診，很不方便呢。」我把針筒的血液，注入有如試管的塑膠盛器中。

孩子滚動着眼珠子，難以相信面前的醫生竟有如此看法。「長洲空氣好些，對哮喘有幫助。我多數在鄉里醫院拿藥，病得嚴重時才來這裏。」他很清楚自己的狀況。

「有人陪你出院嗎？」我留意到他入院五天，從沒有親人前來探望照顧。

「入院時嫲嫲帶我來，她走路不方便，老師會陪我走。」

啊，那天阿龍入院，一個龍鍾的老婆婆，一身灰黑色衣褲，拄着枴杖坐在牀邊，就是她吧。她皮膚黝黑，臉上爬繞着深深的皺紋，背彎成近九十度，身子還向右側傾，布鞋濺滿泥巴。

這般年齡和身體狀況，也願意長途跋涉陪伴孫兒，我對男孩説：「你嫲嫲很疼你。」

他點頭，又扭頭過去，眼神閃過一絲憂鬱，欲言又止。

在護士崗填表格時，我發現除了病歷，阿龍還有一份社工報告，留在病人的檔案架上。

我好奇地拿來翻閱，知道阿龍來自破碎家庭，父母早年離異。阿龍兩歲那年，母親因婚外情離家，孩子就由父親和嫲嫲照顧。阿龍五歲，父親再婚，但繼母對孩子不好，家庭常有糾紛爭執。三年前，父親和繼母有了自己的孩子，搬開了，於是阿龍和嫲嫲相依為命，住在長洲的鐵皮屋裏。

社工這幾年一直跟進這個案。由於嫲嫲沒有收入，家境貧困，社工為她申請綜援，也給孩子的學業幫忙。除了家裏拮据，阿龍還有許多健康、成長和情緒問題亟待解決：缺乏父母關愛，哮喘嚴重，學業欠佳，缺乏安全感，被動，很少朋友，支援系統不足……

阿龍就是如此匱乏的孩子。

*　　*　　*

我再見阿龍，是在殮房的解剖室。

那天下午放學，阿龍如常在學校操場等嫲嫲來接他。老人家因為不舒服在家瞓着，阿龍等了一個小時，焦急得很，就誘發了嚴重而持續的哮喘。老師立刻把他送進鄉里醫院，但那兒設施不足，應付不了，於是再安排直升機急往龍頭醫院；但途中孩子因腦缺氧昏迷，入院不足二十四小時便告不治。

阿龍的個案交由死因裁判法庭跟進，他嫲嫲因行動不便，無法辦理後事，就把遺體交給醫院全權處理。

阿龍在世的日子不長，就這樣離開了，靜悄悄的，彷彿沒有引起任何不安、打擾。未下刀剖驗，我又翻過那份增厚了的社工報告一遍。阿龍這孩子無論活着或離去，都孤苦伶仃，雖然還有近親嫲嫲，可老人家年邁體弱，也漸自顧不暇。小小年紀，便飽嘗給遺棄的苦楚。

在偌大而安靜的解剖室裏，這瘦弱的孩子，躺在顯得過大的銀色解剖桌上，更將他的生命襯托得極其卑微。

我有一點感傷，滿腦子都是阿龍極度的貧乏。在世上，他該沒有嘗到許多愛，像是一無所有！直到我走近解剖桌，提起刀準備為他剖驗時，目光接觸到他肚皮上那道二十厘米長、垂直的傷口，上面的手術線，如螺旋狀般把腹腔封閉。

我深吸一口氣，用剪刀逐一剪開手術線。面前的腹腔，顯得格外空蕩，沒有肝，也沒有腎，是多麼震撼的一刻，這真是名副其實的一具軀殼！

原來阿龍的嫲嫲答應在阿龍死後，把他的肝和腎捐出，造福了三名末期病患者。

解剖完畢，我如常地把阿龍身上的切口縫合起來。他的一雙手，直直地平放在身體兩旁，手掌朝天，掌心空蕩蕩的。我凝視良久，這雙坦然的手，全然放開的手，深深感動了我。他兩手空空而來，走，也沒有帶去什麼，徹頭徹尾地付出、捨棄他的一切。

喔，阿龍全然放下一切的手，也一併放下了幼小心靈載不下的愁苦、困惑、傷害、病痛……也因這雙全然捨棄的手，把一切奉獻，令幾個病人重獲新生，家庭不致破碎。原來阿龍擁有的，比誰還多，比誰還大……

3

忙碌的日子周而復始，好幾個月之後，我逐漸把阿龍忘了。

日月交替，人事境遇變遷，殮房的老主管亦已退休，接任的新主管年輕、充滿活力。人來人去，人生匆匆，無論活多久，最終都要落幕。

那天復活節剛過，我走出忙了一個早上的殮房。正好是中午，溫煦的陽光從窗戶照進會客室。我在辦公室內撰寫報告，一切顯得恬適。

驀地，室外傳來嚎啕大哭，呼天搶地，親友那不忍送別的悲傷之情，叫旁人也感傷起來。

殮房主任拿着死者的資料，到辦公室來，對着電腦為「新人」安排藏屍格。

我瞄一下，「嗯！」是個認識的名字，復活節前我才處理過他的化驗樣本。

我的記憶系統，飛快操作，來到一個星期前的一個晚上。

那晚我和雯正共進晚餐，手提電話卻不識趣地響起來。

電話那邊傳來爽朗的嗓子，是古教授，我熟悉不過。我說回頭覆電可以嗎，他說OK，掛了線。我想與雯好好享受這一頓飯。

*　　　*　　　*

早十年多，我還是個醫科生，曾應邀跟古教授一起研究「血管縫合新技術」，每天一放學就到他的實驗室，把一隻隻白老鼠麻醉，量重，讓牠們肚皮朝天，一字形地在桌上排開，等他巡房後前來。

每趟他出現的第一句話，總是——「昨天的結果怎樣？」

我便向他報告：「二十隻裏頭，六隻死了。」

「成績不好。今天會比昨天好。」

我揶揄他：「外科醫生要從死亡中學習，沒什麼比這個更糟糕了。」

當年還是副教授的他，哈的一聲，一邊捋起衣袖一邊說：「死亡本來就是大師傅，人人都要從中學習。不信你去問問病理科的醫生。」說罷彎腰把老鼠的肚皮剖開，在放大鏡下檢查死去的老鼠和血管縫口的情況。

那時我還年輕，只顧拚命衝刺，不時埋首研究到晚上十一、二時，沒空歇下來好好思想他的話。

我負責把老鼠的肚子剖開，在解剖顯微鏡下切斷某條動脈，讓古教授即時接上，以最快的速度縫合，每天做二十個樣本。之後我再為老鼠量重，看失血多少，再觀察牠們的身體狀況，記錄和跟進，忙得幾乎要和老鼠一起為研究犧牲。

兩個月下來，我證實了兩件事：其一，老鼠的併發症和死亡率太高，古氏手術新方法不行；這場「死亡教育」着實叫古教授死心；其二，古教授是個鐵人：早上動手術巡病房看門診開會教學，晚上仍幹勁十足，努力不懈地研究。日後我再也不敢輕易答應和他一道做實驗。

之後，他擢升教授，手上操的刀仍在救治病人，我的刀卻對準了死人……

晚飯吃了大半，古教授又來電話。

「還在吃晚餐嗎？」電話那邊他該聽見熱鬧的背景。

「對。」

「和女朋友？」

「嗯。」

「很好，」古教授頗感滿意，「再給你一個多小時享受二人世界。十點正來醫院幫忙，行嗎？」並不轉彎抹角。

「那麼晚！老鼠實驗免問。」我回敬。

「我現在要開一台手術。還有一個多小時，夠說情話吧？之後這裏需要你——冰凍切片檢驗。」

外科醫生施行手術，在過程中會把切下的樣本直接送往病理部，而病理科醫生就即時進行檢驗，再把檢驗結果回報，令外科醫生可作出相應的治療決策，這便是「冰凍切片檢查」(詳情請閱《三重隱形殺手》之〈酷醫也失手〉一篇)。

既是職責所在，更是為了病人，我義不容辭。「沒問題，我和實驗室安排一下。這麼晚也要勞動古教授親自出馬，是什麼重要人物或奇難雜症？」

「這台手術，意義可大呢！今晚你作的診斷至關重要。你是救人活命的主角，我只是你的一雙手。我把病人交給你了。」古教授賣了一下關子。

我哈的一聲，打趣說：「我是做解剖的，只管死人。你的病人，如果由我來處理，不會是好事。外科醫生刀下出現死人，沒什麼比這個更糟糕的了。」

「哈哈！你說得對。病人，的確已經死了。」

*　　*　　*

「等等！」我高喊一聲，連忙箭步跑進升降機。

升降機頗擁擠，一張病牀佔去大部分空間，牀沿守着護士、職工，靠門是一對中年夫婦，雙眼紅腫。我正要按鈕，發現那樓層的燈早已亮了。

病牀上是一名青年，頭顱經綳帶包紮，氣管近鎖骨位置引出一條粗管，接上身邊的一部小型呼吸機；牀邊也懸有點滴，和一台量度心跳、血液氧分的儀器，綠色的熒光畫下一道道柔和有節律的起伏線。我瞄了讀數，一切正常。

晚上九時四十五分，病人安然地躺臥，由護士、職工和親人陪同前往手術室。我直覺這青年就是古教授口中的病人，要不是明白這些設備，只為維持正常的生命迹象，真會以為死亡是一場幻覺。

古教授剛才告訴我，青年在兩天前遇上一宗交通意外，腦部受到重創，頭骨碎裂，入院時動了緊急的腦手術，但腦壓仍高，出血嚴重，次日宣布腦幹死亡。

家人在他的錢包內，發現一張器官捐贈卡，主動聯絡醫生，希望圓了青年的遺願。

器官移植組的醫生準備就緒，要為死者作捐贈前的檢查，詳細研究他的器官是否合用，又進行基因測試，與許多末期病患者的基因作一比對，好決定適合接受移植與否。只是，古教授發現青年腦內出血的情況，有點「不對勁」。

我來到手術室外的長廊，把好幾張死者的磁力共振底片掛到燈箱上，他腦裏多處出血，水腫嚴重，清楚可見；因頭顱內壓力增高，像揉按麵粉般，令大腦半球兩邊通過小腦幕的隙縫而隆起（tentorial herniation）；也導致右側「小腦扁桃」經枕骨突出來（tonsillar herniation）。腦幹受到如此擠壓，出血壞死。

古教授在進入更衣室前，和我討論病情，彼此的目光都停在死者右腦一塊溢血點上。

「這血塊有點奇怪，不像普通的出血。古教授，你認為是什麼？」那陰影約兩厘米大。

他聳聳肩，答道：「看上去像良性血瘤，但不肯定。」敲我腦袋一下，說：「所以才找你來。待會兒割下它，你儘快給我一個診斷。」語氣直截了當。

進入手術室前，他又拍一下我肩膀，說：「心肺肝腎等各個移植小組，都準備好了，等候器官移植的病人，也都一一接獲入院通知，他們的新生，看你了。」

我明白。死者生前願意悉數捐出器官，現在關鍵就在乎這血瘤是良性，抑或惡性。良性的話，他的肝、腎、心臟、肺等器官，就可以捐給末期病人。惡性呢？很可能不宜捐贈了。

冰凍切片的報告，牽繫着多個亟待器官移植的病人的命運。一個診斷，可以影響那麼多人的福祉，我的肩膊有點沉重，掌心微微透汗。

不過，也沒有什麼情況比當下更富挑戰，更有意義。

我隔着手術室的玻璃窗，看着一身綠色衣褲的古教授，刀起刀落，專注專業。

不一會，護士把割下的腦瘤組織交給我。

4

我的傳呼機響起來，肝臟移植組的醫生急召我。在復活節前夕，再有生命受到考驗。

我從手術室向深切治療部走去。

夜裏十一時半，我走過的通道、大堂，都沒有了日間的忙碌，碰面的人不多，環境顯得格外寬廣平靜。深切治療部的門外，坐着幾個病人家屬，都憂心忡忡，疲態畢露，有的更打盹睡着了。

病房關掉了一半的燈光，有點昏暗；有幾個護士當值，忙着記錄工作，一位醫生在調校點滴、藥量，四周一片寧靜，令人説話也得刻意把嗓門壓低。

醫生領我走到病房盡頭一個病人的牀前，示意我自己看病歷，有需要可找護士幫忙，就離開了。

我掀開病歷，裏面詳盡記下病人過去一星期的病況，耳邊不斷傳來牀沿心臟探測機「嘟——嘟」的聲響，還有呼吸機氣體進出發出「呼——呼」的聲音。我望着熒幕上跳動的綠色圓點和數字，暗歎在看似安寧的夜裏，生與死的搏鬥，從沒中斷過。

張惠蘭那天在護老院照顧長者時，死神第一次向她喚召。

* * *

那個早上，她忽然感到身體不適，人很疲怠，又出現嘔吐，遂入住慈仁醫院；才一天的時間，便陷於昏迷。她全身黃疸，凝血功能紊亂，肝功能嚴重衰竭，這種暴發性急性肝炎，惟一的出路是肝臟移植。慈仁醫院的醫生馬上聯絡龍頭醫院肝臟移植組，安排妥當，就把病人轉過去。

惠蘭是乙類肝炎帶菌者，病毒藏於體內有五十多年，這趟病毒突襲，來勢兇猛，她轉到龍頭醫院時，情況已是危殆。

每隔一小時，醫生就察閱她的血液報告一趟，心也不住地往下沉。親友都叫來了，讓他們輪流向病人話別，黯然哀傷。

惠蘭在港的兒子，自願捐出肝臟，可惜經過檢驗，認為不適合，用不上。合適的屍肝一向難求，醫生和親友都心中有數，這幾天病人在倒數日子。

當院方通知家人有一名青年剛去世，願意把器官捐出時，他們又燃起希望。

醫生喚來家人，告知最新情況：驗明青年的器官可作捐贈用。雖然輪候換肝的人不少，但由於惠蘭病況危急，可獲優先處理。如果血型和器官配對成功，而病人的身體狀況又許可，兩天內會進行移植。肝移植這項大手術，成功率在九成以上……

惠蘭的親友都鬆了一口氣，正在等待測試報告。

好消息，死者的器官和血型正好適合惠蘭！眾親友滿懷希望，認為是上天把她從陰間的門檻拉了回來。

不過，換肝之路是否平順，還有待我充當審判官——

剛才在冰凍切片檢驗中，我診斷青年的腦瘤屬良性，摒除了移植計劃的另一道障礙。

護士代我把惠蘭的兒子召來，他守候在深切治療部的門外已有多天。

「我是病理科醫生陳嘉薰。你大概知道，我們正為張惠蘭檢驗，看她是否適合換肝。」我解釋說：「醫生發現你母親的頸部，有幾粒腫脹的淋巴核，要再作跟進。」

「這會影響她換肝嗎？」兒子強撐眼皮，疲憊不堪，雙眼布滿紅筋。

「這很難說。」我半點不隱瞞，說：「淋巴核腫脹，可以是身體對疾病的一種良性反應；但如果是惡性，情況就不理想。我來，是為你母親抽取組織化驗，作『針刺細胞檢驗』，從頸部的淋巴腺抽取細胞，和普通抽血相似，很安全。」

兒子點頭，說出他的擔心：「醫生，請你盡力幫家母。家父剛在上星期去世，媽媽又病重，這對我們打擊太大了！妹妹正從加拿大趕回來，但復活節這陣子的機位很緊張……」

這兒子哭喪着臉，我點頭表示明白他的境況，也請他安心，醫生們正設法幫忙。

我給惠蘭抽淋巴腺細胞時，心中不由地冒起一絲疑惑，我能給病人幫上什麼呢？只是努力把診斷做好罷了。

我甚至沒能在垂死邊緣給她伸手拉一把——我證實張惠蘭患上淋巴癌，不適宜換肝。

*　　　*　　　*

在殮房再遇惠蘭的兒女時，我有説不出的無奈和尷尬——是我的判決，叫惠蘭無法接受肝臟移植，三天之後，她就因肝衰竭逝世。

多天以來，病人和親友各自經歷着生命的大起大跌，復活節的到來，對他們可帶點諷刺。

「真可憐，只兩個星期，父母都雙雙過去了。」殮房主任在停屍間一邊分配藏屍格，一邊喃喃自語，鍵入惠蘭的身分證號碼。「兩個星期前，才見張惠蘭為丈夫辦理死亡文件；現在卻要兒女為她辦……人真化學。」

面對人生終局，大家都如此被動無助。想扭轉頹勢，卻顯然無力。

殮房主任走到會客室門外，叮囑惠蘭的家人到死亡登記處辦理手續，好安排火葬和其他後事。

我走上前向兒子說：「真遺憾，幫不了你的母親。」

「不。我們接受得了。對家母來說，這或許更好。」兒子心平氣和，「患了癌，勉強給她換肝不好。」

我同意他的看法。見他們一家安然接受死訊，我心也釋然。

惠蘭的女兒給哥哥使個眼色，向殮房主任和我望來，不好意思的問：「陳德軍和張惠蘭是我們的父母，可以一起領他們的遺體嗎？」

惠蘭的丈夫還在殮房嗎？我望了殮房主任一眼，他點頭，說：「如果殯儀館可以安排，就不成問題。」

「可以讓爸爸媽媽一起出殯就最好了。他們青梅竹馬，從沒有分開過……」女兒好像寬心了，向殮房主任微微弓身，表示謝意。

再與殮房主任一起時，我向他建議說：「可以把惠蘭的屍體，安排放在她丈夫旁邊嗎？」

殮房主任站到電腦屏幕前，查看屍格情況。「陳德軍旁正好有空格，可以安置張惠蘭。」

我們合力把惠蘭的遺體放在銀牀上，往裏一推，隨着清脆「砰——」的一聲，屍格的門關上。殮房主任在外面插上「張惠蘭」的名牌。陳德軍和張惠蘭夫婦二人，並排在一起；而門後牀與牀是相通的，他倆又可以日夕相對了。

對於張惠蘭，我始終幫不上什麼忙，這大概是我為她和她的家人做的最後一件事。

5

想不到這個復活節，遇上的死亡事不少。

正要走出停屍間，驀然瞥見放置了那青年死者的屍格。啊，名字彷彿別具意義！心間忽然迎進一道暖流。

這份感傷，這股暖流，似曾相識。當天為阿龍解剖，也有同樣的感受。阿龍和這青年，都逝去了，但我懷疑，他們真的死了嗎？怎麼他們的死亡，顯得那麼不真實？

阿龍和這青年一樣，把愛留下來。他們什麼也沒有帶走，連器官也沒有，就這樣留下最美麗、最珍貴的禮物，送給最需要的人。這刻，我才明白，生命的美好是什麼一回事。

讓自己的死亡，成為他人的祝福，把愛和生命延續，就征服了死亡。張惠蘭的離去，固然叫人唏噓；但另一名肝衰竭的病人因而重獲新生，她的死亡，不也有價值嗎？

《聖經》說：「一粒麥子不落在地裏死了，仍舊是一粒；若是死了，就結出許多子粒來。」人死了也可以結出果子來，仍然活着。

主耶穌把自己比喻為一粒落在地裏死了的麥子，祂親身擔當了我們的罪，捨棄自己的生命，死在十字架上，卻成就了偉大的救贖。凡為罪憂傷痛悔的人，到主耶穌那裏，罪就得赦免，與父上帝和好，成為祂的兒女。

死亡不再誇勝，罪中重獲新生，有今生、永生的盼望，這正是復活節的意義。

最後，

死神把眼珠還給母親，

說她取回眼珠之後，它們會比從前更加明亮。

母親的眼開了，

她明白上帝美善的安排，甘心順服在祂的旨意中；

她不再和死神爭奪孩子，

並學會放手，勇敢的活下去。

〈母親的故事〉

完

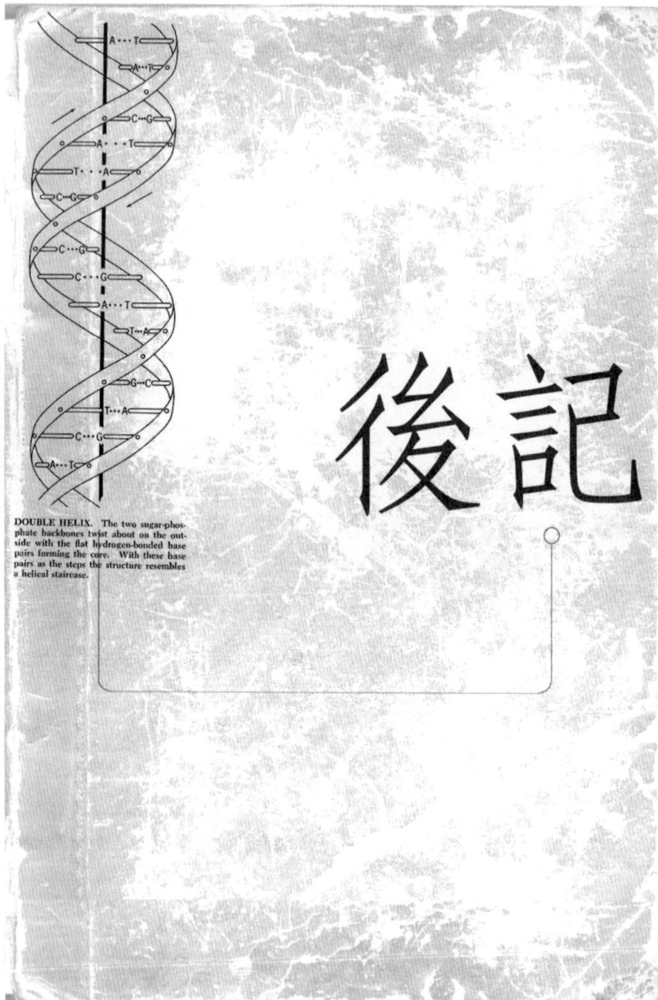
DOUBLE HELIX. The two sugar-phosphate backbones twist about on the outside with the flat hydrogen-bonded base pairs forming the core. With these base pairs as the steps the structure resembles a helical staircase.

後記

以死相許的恩師

接觸過死亡，我才省視生命。

其實，每個醫生成才，都端賴一位「以死相教」的老師。

猶記得醫學院的頭一年，同學每六至八人分成一組，每組領得屍體一具。之後的兩年，這遺骸就成了我們解剖學的「老師」，一星期裏總有多天，我和同學就圍在它旁邊，學習人體結構。

縱無言，屍體用不一樣的方式，親自為我們解說人體的奧祕。

最初的階段，屍體都給蒙上頭，醫科生從遺骸的腹腔開始學習，再到胸腔、四肢，最後才把面巾拆開，研究它的頭和腦。不久以後，我們學曉了各個器官的形態，種種肌肉的名稱和位置，以至一條神經如何從骨骼的小孔竄出，夾在哪些血管中間，又鑽進哪組肌肉，最後繞過哪個部位控制什麼肌肉……於是我們明白在什麼情況下神經會受壓，什麼病就如此這般地影響了哪些肌肉和神經，造成怎樣的後果……原來一切有因，對林林總總的病況就了解多了。

真人的軀體，比任何書本的圖片或影像的解述，更直接清楚，叫人印象深刻。死者無言無語，卻是最好的「身教」良師，傳授難忘又美麗的一課。

我對組上領來的那具屍體，心懷感謝，因它叫我的知識累積，對人體的種種，漸漸可以掌握。不過，兩年相處下來，對它的認識，卻又像那張給包裹起來的面孔那般模糊。我不知道它姓什名誰，甚至記不起它的模樣；至於，為什麼它「流落」解剖室，死因是什麼，我都答不上來。

偌大的解剖室擺放了二十多具屍體，硬撅撅地臥着；活力充沛的同學，日夕在它們身上，埋首研究肌紋神經——驟眼看去，很滑稽、矛盾，甚至教我有一種悵惘。

屍體奉獻自己，默然傳授，沒有怨言，不求回報，更沒責怪我這「不肖門生」。那時功課繁重，考試壓力大，實在無暇去細想什麼，更無法完全領會「老師」捐軀的心意。

直至當上病理科醫生，得經常進出殮房，剖驗屍體，從醫學院學來解剖的知識就大派用場，叫我再度懷念感激「死去的恩師」。最近收到醫學院的查詢，問有沒有人願意死後捐軀供教學用途，才知道大學的屍源匱乏，自己當年有幸遇上「良師」，是一份恩典福氣。

台灣有一所醫院，鼓勵病人死後捐軀供教學用途，有些末期病人響應，表示願意死後作「人體教師」。醫科學生探訪這些末期病人時，病人談自己捐軀的意願，顯得豁達、釋然，彷彿是醫科生成就了自己，幫助了自己。

病人離世以後，死者家屬和醫科生都來到解剖室，一起舉行開棺解剖的儀式，架起的屏幕映出死者生前的容貌、名字和簡介。親友和醫科生分別向死者道別，熱淚盈眶；親人感謝醫科生完成死者遺願，醫科生感激親人和死者的慷慨，彼此鼓勵慰問，誰幫助誰已分不清了。

我相信經歷過這一切的醫科學生，將會更珍惜這些屍體，更認真學習鑽研，尊重生命。

病人以敗朽的身體教育下一代，醫科生成了醫生，又把知識用來拯救病人；有的救回來了，一些病情卻無法逆轉，走向生命的盡頭。

從物質世界這個角度看，死亡並不是一切的終結，更非湮滅，生老病死可以是一趟循環。死與生，就是如此互相結連，分不開，直到地上這一切終結，在主耶穌再來審判的日子。

我欣慶死亡並非終點，卻是迎向那永恆樂園的中轉站……

自 1999 年，病理科醫生陳嘉薰開始踏上法醫學偵探歷奇小說的創作路，一晃眼，已是十二年。

整個小說系列，發生在現實的場景中，偶有結合超時空非現實的題材，既是有關偵探法醫的紀實故事，亦是突破時空限制的歷奇創作——

《嘉薰醫生 1　千年奪命病毒》

（1999 年 1 月出版）

本行行醫，兼任隱形偵探的嘉薰醫生，憑着醫學知識及偵探頭腦，為被燒死的看更、遭故佈自殺劫殺疑陣的富商、自殺少年、千年奪命病毒的「說話」解碼，破解棘手懸案。

《嘉薰醫生 2　複製人魔》

（2001 年 6 月出版）

嘉薰醫生利用法醫學、基因科技，追查黑社會頭目被轟殺，斷臂人給肢解，複製人魔出現等一宗宗離奇案件。

《嘉薰醫生 3　黑色恐怖郵包》

（2004 年 7 月出版）

透過巨細無遺的觀察，為未懂講話的娃娃、入土兩年的骸骨、面容盡毀的死者，逐一揭開死亡真相。今回，嘉薰醫生更與襲擊全球人類的病毒打個照面，驚聞與細菌、恐怖分子爭戰的號角聲。

《嘉薰醫生 4　死亡密碼》

（2005 年 5 月出版）

嘉薰醫生從遺骸留下連鎖緊扣的死亡密碼，追尋豪門之後無端相繼夭折、暴斃的底蘊；又從大自然召來祕密證人，解開女屍產子之謎。草藥奪命，卻一併了結多年的恩怨愛恨。

《嘉薰醫生 5　槍火魔蹤》

（2006 年 4 月出版）

沒有目擊證人，又欠缺詳盡的口供，嘉薰醫生憑彈頭槍傷，重組槍擊經過，偵破兇手魔蹤，掀起警察與黑幫、警員同袍間的恩怨情仇，更揭露人性深處的魔影幢幢。

《嘉薰醫生 6　三重隱形殺手》

（2008 年 1 月出版）

嘉薰醫生以嶄新的法醫學科技，作為偵察武器，令殺手逐一現身，包括逍遙法外、令知名大偵探含恨而終的殺人兇手，完美無瑕但殺人於無形的手術，令受害人連環被殺的邪魔異力。

《嘉薰醫生 7　移兇》

（2009 年 6 月出版）

證據確鑿，姦殺紅歌星的兇手落網，一個異鄉女郎卻對裁決造成衝擊。基因的微量嵌合現象轉移了警方與法醫的視線，最後一切真相還是嵌回原位，令兇手無所遁形。

嘉薰醫生埋首屍體，尋找真相，為無聲的死者發言。讀者的焦點每每放到神勇法醫身上，看他如何憑着豐富的現代法醫學知識、睿智的頭腦、細密的邏輯推敲，協助辦案者找出破案的端倪，揭開真相與底蘊，好告訴大家：公義猶在。

然而，讀者或許忽略了病理科醫生另一項重要任務——從細胞或器官組織裏作出正確診斷，繼與臨牀醫生聯手探索治療的出路。正確的診斷，彷彿是一個權威的先驅，走在治療、康復的大前方；不過，許多時它也是一個冷漠的判官，為病患的人生打一個大叉。

在偌大的醫院，一個承載着生老病死悲歡離合的地方，病理科醫生見證過不少的死亡與頑疾帶來的無奈無助；與每個病人死者接觸的點滴，不同的生命故事，在在展示了死亡與生命之間的微妙張力。

周而復始的剖驗與診斷，累積下來的，除了是法醫科技的知識、嫻熟的解剖技巧、推敲各種可能的經驗、慎密的邏輯思維、細緻入微的觀察，還有——對生命與死亡的窺探、理解和醒悟，對個人專業的反思、挑戰與定位。

在真實的人生場景中，死亡與真相，每每牽繫着相關人士的種種情緒，和內心深處的掙扎；在是與非、對與錯的判斷中，原來還有更多兩難的抉擇。

生和死，又豈只是一樁推理事？而《嘉薰醫生：死亡號外》可說是過去云云推理與生命故事中的一種回歸，一個聚焦，與讀者一起從不同的視點，窺探生命與死亡的面貌。

嘉薰醫生電郵：drgavinfile@yahoo.com
歡迎與作者交流。